谨 以 此 书 献 给

曾经和正奋战在精准扶贫一线的同志们！

春到茶岗

储兆庆◎著

CHUN DAO
CHAGANG

全 国 百 佳 图 书 出 版 单 位
时代出版传媒股份有限公司
安 徽 人 民 出 版 社

图书在版编目（CIP）数据

春到茶岗／储兆庆著.--合肥:安徽人民出版社,2019.12

ISBN 978－7－212－10718－5

Ⅰ.①春… Ⅱ.①储… Ⅲ.①长篇小说-中国-当代 Ⅳ.①I247.5

中国版本图书馆 CIP 数据核字（2019）第 288930 号

春到茶岗

储兆庆　著

出 版 人:陈宝红　　　　　　　　　　　选题策划:徐佩和

责任编辑:李　莉　项　清　　　　　　装帧设计:宋文岚

责任校对:张　春　　　　　　　　　　责任印制:董　亮

出版发行:时代出版传媒股份有限公司 http://www.press-mart.com
　　　　　安徽人民出版社 http://www.ahpeople.com

地　　址:合肥市政务文化新区翡翠路 1118 号出版传媒广场八楼

邮　　编:230071

电　　话:0551－63533258　0551－63533292(传真)

印　　刷:合肥现代印务有限公司

开本:880mm×1230mm　　1/32　　印张:7.75　　字数:175 千

版次:2019 年 12 月第 1 版　　2020 年 9 月第 3 次印刷

ISBN 978－7－212－10718－5　　　　　定价:30.00 元

推荐序

今日中国，从开天辟地到改天换地，正在迎来由站起来、富起来到强起来的伟大飞跃。我们有幸赶上这个黄金时代，成为中华民族伟大复兴的参与者、见证者。

就有这么一位文学新兵，用心工作、静心思考，精心创作有筋骨、有温度的优秀作品。

在文艺界庆祝中华人民共和国成立七十周年的一次活动中，安徽人民出版社的同志告诉我，有位叫储兆庆的机关干部，在驻村扶贫期间创作了一部扶贫题材的小说《春到茶岗》，虽然是处女作，细读起来还很有些看头。听了介绍我既好奇又高兴，现在看了稿子颇有感触和感叹，梳理几点出来，算是对文学新兵的一点鼓励。

初次出手就写长篇，挑战自我的勇气可嘉，是故好奇。小说写得颇有特色，谋篇布局不输熟手，人物刻画不逊里手，文采章法不让老手，可以说挑战成功！驻村之余不忘笔耕，通过创作小说的形式,把工作感悟记录下来,与大家分享、共勉,担当作为的精神可嘉,是故高兴。尽管"不误正业",储兆庆同志仍出色地完成工作任务,被评为选派帮扶干部标兵。

乍读文稿,感觉像是散文的写法。

虽然是文无定法,但还是有章可循。生活永远是最好的老师。习近平同志在文艺工作座谈会上指出:"只有把生活咀嚼透了,完全消化了,才能变成深刻的情节和动人的形象,创作出来的作品才能激荡人心。"《春到茶岗》中的人物都能在生活中找到原型,事件也都是农村现实生活的映射,所以读起来让人有种身临其境的感觉。比如写老街:"说是老街,其实就是一条南北向的巷子,昔日的繁华早已不见踪影。""二十世纪六十年代建的供销社就在巷子的正中间,青砖黛瓦,前店后院,一溜八间铺面,是老街当年的标志性建筑。如今,在满街商铺的竞争下,供销社早已败下阵来关门大吉了,商品短缺时代的香饽饽变成了今天的弃子。"写说大鼓:"每次开场和中场休息时,洪老艺人都会说个荤素搭配的段子,让大家伙儿笑个人仰马翻,提提神打打气,吸引听众的注意力。大家听过了笑过了,说书的内容大半记不得,唯有那段子能记个大差不差,有的人甚至记得一字不差、滴水不漏。"2016年年初,作者作为安徽省第六批选派干部,进驻重点贫困村任第一书记和扶贫工作队队长,再次结识一批乡村朋友,再度听到许多似曾相识的故事。正是因为有了贴近人民、贴近生活的源头活水，才使得这篇小说接地气、吸引人。

虽然第一次创作就写长篇，但从作者的经历来看，是有感而发而不是无病呻吟，是有备而来而不是仓促上阵，是十月怀胎一朝分娩而不是为赋新词强作愁。从文中嵌入的词、曲、联来看，作者的文字也颇具功底。如在词《一剪梅·香港回归》中写道："何妨驾鹤去看看，太平山下，春满香江。闽厦举杖宝岛望，舟来楫往，海峡两岸。"既有高度，又有气势。在词《淡黄柳·思乡》中写道："依稀学堂书声脆，不见顽童嬉牛背……江南久违，已过三月，应是水盈绿堤。"描写细腻入微，充满美感，散发着乡愁气息。一部好的作品，离不开文学素养的积淀，厚积才能薄发。

《春到茶岗》最大的亮点，就是它的思想性。比如作品中的"王队长"是这样说的："现在全民健身已经上升为国家战略，我们党员干部要带头锻炼身体，特别是最近经常加班，有时一坐就是半天，一忙就到半夜，更要挤出时间来活动活动。"他是这样想的："驻村扶贫在个别人眼里，可能是一件难事是一种负担，但在王有根看来则不然，如果能回到家乡去驻村，带领乡亲们脱贫致富，那是一件十分开心的事。"他是这样做的："王有根决心通过办夜校把新农技、新理念，还有先进文化、文明生活方式传播开来，实事求是地把扶贫与扶志和扶智相结合的要求落实好。"等等,都是满满的正能量。

习近平总书记指出:"优秀作品并不拘于一格、不形于一态、不定于一尊,只要有正能量、有感染力,能够温润心灵、启迪心智,传得开、留得下,为人民群众所喜爱,这就是优秀作品。"创作小说有很多技巧,但最重要的是思想性。作者的写作简洁流畅、朴实无华,没有华丽的辞藻和老套的技法。

总之,作为处女作的《春到茶岗》,这部作品应该算是成功之作,瑕不掩瑜。我相信这部作品一定会受到农民朋友们的喜爱,也一定会给广大扶贫干部和"三农"工作者带来一些启迪。

是为序。

2019 年 11 月 8 日

当生活遇到文学

当生活遇到了文学,就有了这部长篇小说《春到茶岗》。

储兆庆的《春到茶岗》用实例诠释了文学来源于生活、高于生活的真谛。

生活是创作的源泉。七十多年前,毛泽东同志《在延安文艺座谈会上的讲话》中就指出:"人民生活中本来存在着文学艺术原料的矿藏,这是自然形态的东西,是粗糙的东西,但也是最生动、最丰富、最基本的东西;在这点上说,它们使一切文学艺术相形见绌,它们是一切文学艺术的取之不尽、用之不竭的唯一的源泉。这是唯一的源泉,因为只能有这样的源泉,此外不能有第二个源泉。"

储兆庆《春到茶岗》创作的源泉正是他作为选派干部到农村工作,以及之前到农村调研和在农村长大的经历,没有这些生活,就没有《春到茶岗》。

一

　　当生活遇到了文学,生活便有了文学的再现。

　　三年的农村工作,对大多数选派干部而言,过去了就过去了,但对有着文学情怀的储兆庆来说,三年的农村生活是笔财富。这笔财富不能成为过眼烟云,而要将之还原成"富矿",他要像毛泽东同志说的那样,在这个"富矿"里,把最生动的、最丰富的、最基本的矿藏挖掘出来,用小说的形式来呈现,让它在读者的眼里熠熠生辉。同时,三年的农村生活通过文学,在储兆庆的心中得到了升华,以至于让他刻骨铭心。

　　2016 年,储兆庆作为淮南市委政策研究室的一名干部被选派到寿县茶庵镇茶庵村任第一书记和驻村扶贫工作队队长。在三年扶贫工作中,储兆庆亲眼看到茶庵农村的变化——在这片土地上建设了省级美丽乡村示范点,成立了宏远工艺相框公司、如今食品有限公司,兴建了佳佳乐超市、绿美景生态观光园,有了稻虾养殖基地。而这些都成为储兆庆小说的素材,他要把茶庵大地上的新生事物用小说的形式将其过程生动形象地展现出来。

茶庵地处寿县南部丘岗,基于这样的地理特征,储兆庆把他的小说故事展开的地方命名为"茶岗"。《春到茶岗》写的就是茶庵大地上,扶贫干部储兆庆在工作中的所见、所闻、所思、所感。

　　《春到茶岗》所呈现的文学鲜度,只有既是故事的创作者又是故事的亲历者的储兆庆,才能做到。

二

　　当生活遇到了文学,生活便有了文学的塑造。

　　虽然三年的茶庵生活给了储兆庆创作的"富矿",但小说创作高于生活的文学特性,让储兆庆在创作的时候,不能采用实录的方式,而是用人物形象的塑造来展现茶庵大地上发生的大事件和崭新的变化。

　　小说中塑造了一个选派干部形象——王有根,小说情节的展开和推进也是通过王有根的想法和工作来实现的。王有根,这个在市发改委工作,被选派到茶岗村任驻村扶贫工作队队长,兼任村党支部第一书记的人物形象,就有作者的影子。

　　作者把自己对扶贫工作的初心和理想都寄托在王有根身

上："在市发改委工作,外出考察学习的机会多,外面的世界真的很精彩,但每次回到家乡,一年两年七八年,茶岗还是老样子,也真的让人揪心。王有根觉得自己是茶岗培养出来的,自己有责任有义务为茶岗的发展做点什么。驻村扶贫就是个难得的机会,如果能回到茶岗,自己人熟地熟情况熟,知道穷根在哪里,治穷的对策也早就有了,工作起来适应快、上手快,自然见效也快。"

所以,在茶岗,王有根真干实干,推动建设了美丽小镇,建成了一座多功能的文体活动广场,同时新建了污水处理站和农贸市场。

让贫困村脱贫致富,引进项目、引入人才、引来企业,这些帮扶措施和办法,就是靠杨凡平、林木春、夏小惠、杨燕等一个个人物来完成的,用杨凡平回乡创业、林木春三次转型、夏小惠开豆腐坊、杨燕放弃读博这些故事,来展现脱贫攻坚让贫困农村发生的变化是史无前例的,是耳目一新的。

在塑造人物形象的同时,作者对环境和细节的描写也是精心的。比如,把故事的发生地叫作"茶岗",再比如在小说中多处写到古老的县城,以及美食豆腐、牛肉汤等,这些都是淮南元素。在小说中添加这些淮南元素,以便突出文学的独特性,在典型环境下塑造典型人物。

三

当生活遇到了文学,生活便有了文学的照亮。

让文学照亮生活,是小说创作的精神意义。储兆庆在创作《春到茶岗》中,把小说的这个精神意义通过故事进行了揭示。

办夜校的故事,是精神意义在小说中的一个承载。办夜校是小说主人公王有根早就想做的事情,在小说的前半部就提到过。但王有根觉得不到时机,所以就把这件事往后放了放。

"随着蔬菜基地、稻虾共生、水产加工、蔬菜加工等项目的相继开工、开业、发展,小小镇区布下了正在建设的污水处理站、污水管网、水产品冷库扩建、好又多超市扩建、镇政府家属区改造、镇南和镇北停车场、村村通道路拓宽、工业园二期等十来个工地,茶岗进入了大建设大发展的时代。"

茶岗有了一定的经济发展之后,在小说的后半部,王有根把办夜校提到议事日程上。

"扶贫要在发展上帮扶、在精神上引领,发展上帮扶可能很快见效,但难以持久,精神上引领效果虽然来得慢些,但可能更重要、更持久,两者的关系类似如授人以鱼与授人以渔的关系。王有根决心通过办夜校把新农技、新理念,还有先进文化、文明生活方式传播开来,实事求是地把扶贫与扶志和扶智相结合的要求落实好。"

除了办夜校,小说的下半部还写了罗家班的锣鼓队等文化活动,这也是在彰显小说的精神意义。

储兆庆三年的选派书记、扶贫队长工作,不仅让他看到农村需要经济上的发展,还感受到农民不仅需要物质生活的提高,同时更需要精神上的引领、文化上的提升。所以,在小说的后半部,储兆庆着重写了精神文化方面的一个个故事。

文学属于精神层面,储兆庆在农村工作生活中,写了数篇文学类的文章,有了文学的陪伴,心中就敞开了一扇窗。作者创作《春到茶岗》,透过心中这扇窗,看到了文学向善向上的光亮,这文学的光亮就是习近平总书记所讲的:"应该用现实主义精神和浪漫主义情怀观照现实生活,用光明驱散黑暗,用美善战胜丑恶,让人们看到美好、看到希望、看到梦想就在前方。"

淮南市作家协会主席　金　妤

茶岗，江淮分水岭上的一块岗地，北临瓦埠湖，西倚大别山，东南则是省城，历史上是个交通要道。从瓦埠湖码头，北上是淮河，沿河上溯，经正阳关可到颍河、淠河，顺河而下，便是洪泽湖、大运河；往南经东淝河翻过江淮分水岭，可进巢湖、通长江。岗上有片树林，林中多是合抱粗的重阳木，南来北往的过客上得岗来，多感身乏脚酸，通常会在大树下休息。

岗地上本来荒无人烟，不知何年何月始，有一杨姓人家看中了这块地方，遂在岗上搭庵卖茶，"茶岗"由此得名。岗下的一王姓人家也来撑棚卖面，后来老吕家、老罗家也加入进来。茶岗的先辈们沿路摆摊、起集、建房、繁衍，几经变迁，形成了今天的茶岗集。茶岗村因茶岗集而成立，茶岗镇则因茶岗村而得名，集村镇一体，杨王吕罗一家。

随着公路、铁路的兴起，内河水运逐渐没落。公路、铁路都撇开湖、河而去，曾经带来交通便利、孕育了茶岗的瓦埠湖、东淝河，现在成了制约茶岗交通发展的主要因素。茶岗镇成了被现代交通遗忘的角落，茶岗集也就一落千丈。

茶岗集很小，但故事很多。

有传说多年的老故事，如杨王吕罗四大家族间的情与爱、冷与暖。

有就在眼前的新故事，如王有根回乡扶贫、杨凡平回乡创业、"豆腐西施"改嫁等。

现在，就一起去看看茶岗的那些事儿。

1

一心要给丈夫王有根一个惊喜，派嫂田静没有打招呼，就带着儿子颠到了茶岗。想起来可笑：记得是两人刚认识不久的那个五一长假，王有根从市里摸到城北一中来接自己。在校门口看到不停地向校内张望的王有根时，田静着实是又惊又喜，现在倒好，她也从城里跑到乡下给他送惊喜来了。

家里的车被王有根当作驻村的交通工具了，母子俩只好乘长途汽车。打的或者借辆车也未尝不可，但这都被田静否决了，她决定带儿子体验体验长途汽车，可不能让孩子养成出门就开车、没车就打的的习惯。

听说是乘长途汽车去，刚开始儿子有点儿不高兴，说妈怎么这么抠，不过一进长途汽车站，热闹的候车大厅带来的新鲜感顿时就驱散了那些不快。从市区到偏僻的茶岗没有直达的客车，母子俩七点多出门，花了四个小时换了三次车，到茶岗下车的时候已经十一点多了。

茶岗来过几十次，只歇了一年多没来，没想到变化这么大。沿街参差不齐、五颜六色的店招广告换成了整齐划一的门匾，两侧占道的摊点不见了，人行道也铺上了彩砖，街面上新铺的柏油路面画上雪白笔直的标线后，越发地显得干净利落、整洁有序。要不是看到茶岗大酒店、老电影院、好又多超市等几个有些印象的标志性建筑，田静还以为自己走错了地方。

只是茶岗村的村部田静从来没有去过，没去过也没有关系，按照王有根曾经讲过的路线，再配上手机导航找过去，找不着再打电话也不迟。母子俩在好又多超市门前下了车，从超市南侧路口向东拐，大约走了一百米，便看见不远处有面高高飘扬的国旗。

国旗是村部的标配，估计那儿就是村部。

果然是村部，楼顶上就竖着"茶岗村党群服务中心"几个一米见方的红字。字再大也没有用，横看成岭侧成峰，打西边过来时是看不清的。

"你们找哪个？"当田静推开村部的玻璃弹簧门时，门厅里一个坐在长条木椅上系着围裙、戴着护袖的中年妇女起身问道。

"请问王有根在吗？"田静几乎是同时答问。

"王队长在楼上开会，凑中午吃饭人齐了开个会。你们坐这儿等一会儿。"听说是找王有根的，中年妇女说开了，"王队长是市里下来的，有事儿找他就找对了，什么事儿到他那儿没准都能办成。找他的人可多了。"

"真的吗？他有这么大本事？"

"你还不要不信，我们村里有个贵州的蛮子，嫁过来二十多年了，娘家也没有人了，路又远，听说还是山区，没有户口办不了身份证，买不上保险，王队长一联系，昨天派出所就给办下来了。"

田静知道，这事不可能因为某个人一联系就能办，过去难办或者办不了现在办成了，一定是赶上了"最多跑一次"改革的深入推进，其实这中间肯定是走了特事特办急事急办的绿色通道，只是群众不明就里地把这功劳记在了王有根的名下而已。

"我们来找我爸爸的，不找他办事。"没等田静再次张口搭话，儿子似乎有些不耐烦了，抢先答上。

"哦——，王队长家属。早讲哎，我上去叫他。"中年妇女说完就准备上楼。

"不用喊，我们等一会儿吧，都这个点估计也快要散会了。"田静赶紧制止中年妇女。

"我上去看看。"儿子已经急不可待了，直奔楼梯要上楼去。

田静本想制止，又觉得小孩子就由他去好了，免得惹他大声嚷嚷反倒影响不好，于是就跟着儿子上楼。中年妇女见状也就跟了上来。

"刚才，先业同志传达了镇里的会议精神，对工作做了具体安排，下面我再强调三句话……"刚走到二楼，就听见会议室里传来讲话的声音，仔细一听是王有根在讲话。几个人轻手轻脚地来到会议室门口，隔着虚掩的门旁听。"先讲一句套话：就是要认真学习，尤其是要把这次县里发的文件学习好、理解透；要抓好落实，把镇里布置的五项工作不折不扣地落实好；要统筹兼顾，同步推进各自分管的工作、包干的任务。再讲一句老话，虽然是老生常谈，但我觉得有必要再重复一下：作为村干部，在做好本职工作的同时，要带着家人率先创业、率先致富，自己致富了才能更好地带动群众脱贫致富。最后讲一句大实话：健康是最大的民生，身体是革命的本钱。现在全民健身已经上升为国家战略，我们党员干部要带头锻炼身体，特别是最近经常加班，有时一坐就是半天，一忙就到半夜，更要挤出时间来活动活动。好，散会，下去吃饭，吃过饭分头去看守点，中午是禁烧的薄弱时段，千万不能点了火、冒了烟。"

"王队长，你看谁来了！"中年妇女一听到王有根说散会，推开会议室的门喊道。

"你们怎么来了？"王有根看到田静带着儿子站在门口，拿起已经合上的笔记本快步走出来。

"不欢迎吗？"

"欢迎欢迎，热烈欢迎！"王有根真的是又惊又喜，"来也不打个电话，我好去接你们。"

会议室里的七八个人见有王队长的客人来了，都停下脚步侧过身让王有根先出来。虽然大家没有见过田静母子，但听说过王队长的爱人是大学教授，儿子正在上初三，再看王队长的言行举止，来人是谁已经猜出了八九分。

"王队长，先带客人到你办公室坐一会儿，喝点水，歇歇。"村书记吕先业也跟着王有根迎了出来，说完侧身同系着围裙的中年妇女嘀咕道，"赶紧去街上炒两个菜来。"

村里平时不开伙，只是在秸秆禁烧期间，村干部们要到田间地头严防死守，为了方便工作，镇里统一要求各村把小食堂开起来。村里便用秸秆禁烧的工作经费，找个手脚麻利的家庭主妇，开起小食堂。临时的小食堂只是现买现烧几个家常菜，既没有特色菜也没有备多余的菜。

"不用不用，我们出去吃。"王有根转身说道。看着风尘仆仆的妻子和儿子，王有根还沉浸在惊喜之中，没有听到吕先业的话。田静正好面对着吕先业，看到他和中年妇女悄声说话，虽然没听清具体说什么，但估计是在做应变安排，便使眼色提醒王有根。

"那哪行，到村里来了哪有上外面吃的道理，况且还是第一次来村里。这饭菜也太简单了，总不能让客人就吃这两菜一汤。"吕先业说道。

"就吃这大锅饭大锅菜，她们还没有吃过这样的私房菜，那红烧肉不是烧得很有特色嘛，不要麻烦了。"王有根觉得出去吃也不太好，还耽误时间，便改口说道，边说边阻止要去街上炒菜的中年妇女。

"对了，这是我的爱人田静，在淮滨师范学院教书。这是我家小子，上初三，中考刚结束。"阻止完厨师，王有根便开始介绍家人，接着把村书记吕先业、村主任杨凡友等几个村干部一一介绍给妻子。

"那也行，时间也不早了，小伙子估计都饿坏了。先委屈一下，晚上再给田教授还有这个大小伙子接风。"吕先业说着朝厨师摆摆手。

"不要不要不要，晚上也不要安排，肯定是到我老家去。他爹爹奶奶惦记着要看看大孙子，都一年多没有见面了。"王有根赶紧阻止，"再说了，大家都还要值班，别误了正事儿。"

"对对对，我们还是去年五一来的茶岗，有根来村里后，我们就一直没来打扰过他。"田静附和着。

王有根的老家就在茶岗镇前进村的小王庄，与茶岗村相邻。王有根是去年秋天作为选派干部来到茶岗村驻村扶贫的。选派干部之间以"派友"相称，田静便有了个很萌的称谓——派嫂。

茶岗虽然临湖，但地处岗地，提水难存水也难，起集建镇靠的是商贸服务业，农业生产比周边乡镇要落后一步，但总体上发展差距还不明显。伴随着内河水运尤其是客运的没落，茶岗的商贸服务业日渐萧条，尤其是后来各地大办乡镇企业、发展民营经济时，由于交通不便，茶岗与周边地区的差距越拉越大。偏僻的茶岗镇差距拉大后，通婚圈越发地缩小，遗传病发病率增高，导致茶岗镇经济社会发展滞后，十个村有五个贫困发生率超过了百分之十，成了县里挂了号的重点贫困村。

茶岗村不仅是重点贫困村，村班子还被上级评定为软弱涣散型班子。杨老书记退下来后，村支部书记和村主任面和心不和，几名村干部便分成书记派、主任派和中间派，小小的一个村班子演绎着"三国演义"。班子的不团结，导致村支两委"说话没人听，走路没人跟"，村里的各项工作也都由先进变后进。

经过一段时间的观察摸底，王有根终于找到了村班子软弱涣散的症结所在。茶岗村的书记吕先业是老吕家的，村主任杨凡友是老杨家的。村里的四大家族杨王吕罗，杨家人最多，势力也就最强，尤其是杨家人住在集镇上的多，而王吕罗三姓则主要居住在镇区周边的自然庄。

本来吕先业和杨凡友都是杨老书记退下来之前举荐的。老杨家还为此对老书记耿耿于怀，认为应该举荐老杨家的杨凡友任书记。杨老书记不是没有考虑过杨凡友，对村里的几个人，老书记在心里面是掂了又掂、排了又排。当时杨凡友正值年轻气盛，还需要磨炼磨炼，加上吕先业确实是个可塑之才，于是从工作出发、从公心出发、从茶岗的发展大业出发，就"外举不避仇"了。

事实上，茶岗的杨王吕罗四大家族之间并没有什么仇，反倒是相互联姻亲上加亲，你中有我我中有你。吕先业娶的就是老王家的闺女王咏梅。

四大家族虽然对外是一个整体，但在内部还是有区别的。老杨家人认为杨就是杨吕就是吕，再亲还是两家。这是杨老书记始料不及的，他没有想到平日里一直拥护自己的杨家人怎么觉悟这么低。退下来一年半载后杨老书记才想明白，杨家人拥护杨老书记不假，那是因为杨老书记姓杨，大家拥护是杨家书记这个名分，而不是或者不全是拥护杨老书记这个人。

杨家人哪里知道，杨老书记并不是一点私心没有。公开推荐的是吕先业不假，但私下里叮嘱过吕先业要好好带带杨凡友。况且，直接举荐还需要历练的杨凡友，惹人说闲话毁了自己的一世英名不说，拔苗助长反而可能会害了杨凡友。再说，自己也只是举荐而已，说了也不一定算数，考虑再三，没有推荐杨凡友任书记，但这些话不好说也不能说，只有烂在肚子里。这就为后来吕先业开展工作带来了不少麻烦，有的人就是为了反对而反对，也直接导致茶岗村的领导班子从团结、战斗力强的行列一下滑落到软弱涣散村的队伍中。

这时，精准扶贫的春风一路吹来，吹到了江淮分水岭，及时雨般地吹到了淮滨市安丰县茶岗镇茶岗村。2015 年，省里为了推进江淮分水岭地区的扶贫攻坚，加强软弱涣散村的班子建设，就从省市县三级党政机关中遴选年富力强的党员干部到村任驻村扶贫工作队队长，兼任村党组织第一书记，通过人才下乡，帮一把送一程。因为村里吕先业是支部书记，为了区别起见，王有根让大家都称自己为队长，其实镇村干部们都习惯称王有根为王科长，只有老百姓称他为王队长。

王有根是高校扩招前茶岗走出来为数不多的大学生之一，当年在茶岗初中上学时，成绩就数一数二。大学毕业后他考到淮滨市发展计划委员会工作，也就是现在的淮滨市发改委。去年，王有根响应号召，主动请缨下乡扶贫。当时，市发改委就有关心王有根的同事劝他报名要三思：你傻呀，现在你是单位的骨干，孩子又在上初三，正是关键的时候，一去三年，业务丢了，家顾不上了，考虑考虑再报名也不迟。

苦乐全在主观的心，不在客观的事。驻村扶贫在个别人眼里可能是一件难事是一种负担，但在王有根看来则不然，如果能回到家乡去驻村，带领乡亲们脱贫致富，那也是一件十分开心的事。

在市发改委工作，外出考察学习的机会多，外面的世界真的很精彩，但每次回到家乡，一年两年七八年，茶岗还是老样子，也真的让人揪心。王有根觉得自己是茶岗培养出来的，自己有责任有义务为茶岗的发展做点什么，驻村扶贫就是个难得的机会。如果能回到茶岗，自己人熟地熟情况熟，知道穷根在哪里，治穷的对策也早就有了，工作起来适应快、上手快，自然见效也快。

报名时王有根提出的唯一要求，就是请求组织安排驻村地点时尽量安排在茶岗镇。这不算什么特殊要求，当然，将王有根安排到他老家所在的前进村肯定也不合适，组织上便把他安排到了茶岗村。

作为土生土长的茶岗镇人，王有根自然知道这个地方的穷根在哪里，驻村不到一年，就给茶岗带来了明显的变化，因此还登上了光荣榜披上了红缎带，受到县里和市里的表彰。

茶岗的穷根在哪？过去大家都认为是岗地用水不便成本高，还有就是交通不便。茶岗离县城太远，比到省城还远。但离省城再近也没有什么用，办事还得去安丰县城。况且，与省城直线距离虽近，但因为没有直达的公路，去省城要从穿过茶岗的县道拐上另一条县道，再拐上省道，三四十公里的直线距离，拐来拐去便多出了一倍的路程。直至后来，省里为了支持江淮分水岭地区的发展，规划新修的一条高速公路加密项目就从茶岗经过，镇区距离最近的出入口也只有六七公里。省城东进南扩后再将处在新老城区之间的机场迁到了城西北，新修了机场高速，曾经偏僻的茶岗，借临近机场之地利，一下就连通了两条高速公路。

王有根则不是这样看的：茶岗的落后，表面上是经济结构问题。农业还停留在一季稻一季麦的传统种植业上，工业只有几家小加工企业，服务业更是拼不过周边的几个大乡镇。根子上则是思想观念问题，大家要么是守着十几亩地，吃不饱饿不死，要么是外出务工，外出务工又没有技能，只能干些粗活重活简单的活，很少有自主创业当老板的。

怎么办？王有根每次回家都禁不住要思考这个问题，思路也逐渐成形了，就是坚持扶贫与扶志、扶智相结合，"三改"引路，从改善交通、改造环境、改变思想着手，注重"三引"，引进项目、引入人才、引来企业，做到扶贫扶人双管齐下、治愚治穷齐头并进。不但思路有了，具体怎么改怎么扶、从哪引引什么，有的都有了腹稿。在市直机关摸爬滚打十几年，王有根可没有白干。所以市里选派动员会一开，王有根就毫不犹豫地报名了。

王有根积极报名虽然不是一时兴起，却也是先斩后奏的，事先并没有同田静商量，他料想田静一定会支持自己的选择。就为这事，田静还责怪过王有根。田静不是不同意王有根回乡扶贫，而是怪王有根没有同她商量，没有征求她的意见。按照田静的话说：这么多年来什么事没有支持过你？这事不是你一个人的事，你王有根不是光棍汉，一人吃饱全家不饿，你是有家有口的人，尤其是儿子正在上初三，过了年就要中考了。你不作声不作气就报名，眼里还有没有我田静，当初可是你一而再再而三地追求我，现在不把我当回事那可不行。

认识田静是到市发展计划委员会工作后的事。淮滨师范学院直属省管，本来与市直机关打交道不多，但王有根赶上了好机会。

那时的淮滨师范学院还只是师专，正在忙着升格为本科院校。升本有很多硬件软件方面的具体要求，师专硬件方面最大的问题就是校园太小，发展空间严重不足。建新区扩校园成了当务之急，要新建或者扩建教学楼、图书馆、体育场等。师专的基建办和为了升本专门成立的升本办便三天两头往市有关部门跑，管项目的市发展计划委员会自然是跑的重点。

光跑不行，还得打成一片。在餐桌上，王有根的对象问题成了师专基建办、升本办与市发展计划委员会套近乎的一个话题。基建办的马主任勇当红娘，口出豪言：这事包我身上，明天就办。于是一根红线便牵到了田静面前。

两人第一次见面，王有根感觉很好，但田静似乎没有来电，或者是来了电但没有流露出来。田静的不冷不热、不远不近、不卑不亢反倒吊起了王有根的胃口，激发出他更大的兴致，于是淮滨师专的校园里便经常出现王有根的身影。王有根紧追不放，甚至暗下决心，发誓要一追到底。其实，田静对王有根的感觉也还不错，只不过她人如其名，不喜形于色不溢于言表，加上当时师专有几个年轻老师也在追她，因此有些犹豫、有些迟疑。

淮滨市在淮河的南岸，田静家所在的城北县与淮滨市隔河相望，后来修了淮河大桥，建了大桥开发区，淮滨市开始跨河发展后，便将城北县改成了城北区。田静的父母都是省重点高中城北一中的老师，田静的母亲对丈夫本人是认可的，美中不足的是嫌两个人在一所学校，社交圈子太小，除了与学生家长打打交道外，同校外的人交往不多。因此，田静的母亲对未来的女婿画过圈，要求最好不要是教师，至少不能是同一所学校的教师。

作为乖乖女的田静，母亲的话深深地影响着她的选择。高校就是一个相对封闭的小社会，除了本校的老师，接触异性青年的机会不多。加上王有根一见钟情，越追越上劲，最终通过了田静的考验，娶回了才貌双全的田老师。

王有根只得赔着小心给妻子送出一顶又一顶高帽，直至把她心中那道沟坎熨平，把她眉宇间那片阴云驱散，才平息了这场因为程序"不合法"引起的纠纷。

怎么可能把田静不当回事呢？王有根了解田静，认为她作为一个见多识广、通情达理的教授，一定会支持自己的选择，仗着两人的感情好，觉得可以先斩后奏。经过这事后，王有根才彻底明白：妻子是教授不假，但首先是个女人，是女人免不了有个小脾气小心眼；再者，就是感情再好的夫妻，也要细心呵护关系。

说起儿子上初三，那只不过是个托词，平日里孩子的教育几乎全是田静承担的。一方面因为高校老师的业余时间相对宽裕，王有根则不同，是单位的年轻骨干，经常加班出差；另一方面田静毕竟是教师，学的是法律专业，但在大学时选修的第二专业是心理学，教育孩子有思路有方法、有实践有经验。

田静是在省重点高中的校园里长大的，打小的言传身教都是温良恭俭让，自然不会胡搅蛮缠，况且本来就不反对王有根回家乡扶贫，耍耍小脾气只不过是提醒丈夫关注自己，吸引爱人更多的注意力而已。一番沟通后，田静依偎在王有根的肩头说："你就放心地回家扶贫吧，要干就干好，为家乡做点事，不要老想着回来。"

"坚决干好，不干好决不回来！"王有根没有猜透"不要老想着回来"这句话的意思，到底是实话直说还是正话反说或者是兼而有之，因此干脆来了个偷换概念。

一番装腔作势，逗得田静忍不住莞尔一笑。其实不用田静说，王有根也会"要干就干好"的，否则他怎么会踊跃报名呢？

成家以来，逢年过节王有根都会带着田静，后来还带上孩子，要么回茶岗小王庄，要么去城北一中。所以，对于田静来说，茶岗并不陌生。当然，也有破例的时候。第一次破例是田静怀孕和孩子刚出生的那段时间，出行不便，都是老人到市里面去过年过节。第二次破例是因为儿子上初三，田静近一年来都没有离开过家。因为王有根就在茶岗，所以王家父母也就一年多没有到市里，虽然两位老人想看看大孙子，但王有根说等中考结束了再讲，免得让小孩分心。没有办法，要想上师资和环境更好点的高中，就得凭分数说话。

倒是田静的父母，教了一辈子书，和外孙自然是沟通无障碍，所以外孙上初三期间去过几次。中考一结束，儿子说要去茶岗看看，娘儿俩一合计，做回不速之客，看看王有根在村里是不是真的那么忙。

说起来让人难以置信，一个小小的村，七八个村干部，还忙得经常晚上加点周末加班。

按照上级安排的工作，也只是有时忙有时闲，但王有根不一样，为了兑现"要干就干好"的承诺，自我加压主动找了很多事，决心在三年任期内好好地改变一下茶岗的面貌。

当王有根主动报名的时候，单位领导正琢磨着派谁去合适，见有人主动为单位担责、为领导分忧，自然十分高兴。一把手在市发改委机关的全体会上将王有根大肆表扬一番，提出除市里统一安排的扶贫政策措施外，领导班子每个成员都要真金白银地为茶岗村办一两件实事，各个科室都要实事求是地支持王有根开展好帮扶工作，还当众表态，有什么需要我来协调的我出面来办。

王有根就此备足了粮草，中秋节一过，正式进驻了茶岗村。

虽然老家就在毗邻的前进村，但王有根仍然按要求，在村部挪出一间房子来，吃住在茶岗村。村里不开伙的时候，王有根便上镇里的食堂搭伙。有时也会回到三四里地外的小王庄去看看，看看可有什么需要帮忙干的事。地里的事王有根丢久了既不会干也干不动，加上父母和哥嫂住一起，还有就嫁在附近的妹妹照应着，家里也没有多少需要王有根办的事，不外乎是参加一下叔伯兄弟家或者是七大姑八大姨家的红白喜事。

平日里王有根远在市里工作，难得走亲戚，现在就在集上工作，亲友家有事了不露下头出个面，情理上是过不去的。况且，作为前进村乃至茶岗镇的名人，加上又是在市直机关工作，王有根的到场自然会让主人家倍有面子、倍感高兴，正因为如此，亲友家中有事父亲必会电话通知，有时还叮嘱是点名邀请的。

好在有辆车，要是忙的话，王有根就趁着中午或者是晚上匆匆跑一趟，要是赶上周末又不用加班，就正儿八经地走趟亲戚，和那些曾经熟悉但又多年难得有机会见面的表哥表弟表姐表妹等儿时的伙伴们，笑谈尘封的往事、分享当下的趣事、畅叙将来的喜事。

2

茶岗镇上住着三千来人，有一条老街和一条新街。

说是老街，其实就是一条南北向的巷子，昔日的繁华早已不见踪影。这条破败的巷子，长近两里，宽丈余。二十世纪六十年代建的供销社就在巷子的正中间，青砖黛瓦，前店后院，一溜八间铺面，是老街当年的标志性建筑。如今，在满街商铺的竞争下，供销社早已败下阵来关门大吉了，商品短缺时代的香饽饽变成了今天的弃子。

供销社职工调走的调走、创业的创业，剩下的几个解除了劳动关系。没了工作没了工资，保留的工资关系也只是到龄退休后才能见到收益，现在仅仅是个看不见摸不着的象征。当年一起参加工作的同学，单位好的都分到了两室一厅，差一些的也能混个三两间平房。怎么办？几个人一合计，便分占几间铺面和仓库住了进去，算是给自己一个安慰，给家人一个交代，给别人一个看头。

那仓库、铺面已经是明日黄花，虽然是国有资产，但既不便于管护又难以处置。为了平稳推进基层供销社改革，上级只好睁一只眼闭一只眼，反正所有权还在供销社手上，他们也只能住住而已。

小时候王有根和几个玩伴，只要其中有一个奉父母之命拿几只鸡蛋去换盐或者打酱油，其他几个便闻风而动，一起跑到供销社，办完卖鸡蛋换盐之类的正经事后，再溜到集上逛逛。

几个小屁孩，兜里没有钱或者就是有个三五分一两毛也舍不得花，到供销社必定要浏览一遍那玻璃柜台里的各色商品，尤其是喜欢看那家电柜台货架上的录音机、电视机，碰巧还能听到自鸣钟报时的声音。

后来上学到了三四年级，识的字多了，几个玩伴在供销社门口的小人书摊上花费掉不少时间。几个人各租本连环画，看完后趁老板不注意，偷偷交换了看，这样花一份钱看两本书。有时也会趁着人多租一本，躲在一边两三个人凑在一起看，花一份钱两三个人看，但得小心别让书摊老板发现。书摊看书有规定，看书一人看一本，不允许一起看。事实上，只要不在眼前，书摊老板就会睁一眼闭一眼的，反正书闲着也闲着，几个人一起看总比没有人看强，再说这几个小屁孩好歹也是经常光顾的"大客户"，自然也另眼相看。有一次，因为有人看得慢了些，一个要翻页，一个不让翻，拉扯中撕坏了小人书，还书的时候被书摊老板发现了，硬是从押金中扣了两分钱，气得几个人先是相互指责，走远了后再拿书摊老板出气，背地里咬牙切齿地好一顿咒骂。

改革开放以后，县里要将经过茶岗的砂石路改建成柏油路，由乡道升级为县道，老街太窄，只好撇开老街，从老街东面新开一段路绕道穿过茶岗。县道建成之时，正赶上商品经济大发展的时代，镇上涌现的个体工商户们相继在新开的县道两侧建房开店、经商创业，这里逐渐形成一条新街，老街由此进一步没落。百年老店王家面馆是最后迁走的，到底是面好顶不过巷子深，只好也在新街盘下两间门面开了新馆。老街老了，昔日的繁华成了茶岗老人们的记忆、小孩们的传说。

新街虽宽，但很快就适应不了经济社会的快速发展。由于茶岗没有农贸市场，随路摆摊在县道茶岗段形成骑路集。改革开放初期的自行车时代，还略显宽敞的新街终敌不过日益增多的摩托车、电动三轮车、小轿车，街道日益拥挤。王有根带着妻子孩子回老家时大多是逢年过节的时段，对茶岗拥挤的感受尤其深刻。田静每次到婆婆家来，要么是成天待在家里不愿意出门，要么是到田野里呼吸呼吸新鲜空气，总是嫌集上太吵太脏太乱，几乎没有去逛过。就是儿子想到集上玩，也都是任由老家的伙伴们带着去。因此，田静这么多年到茶岗几十次，但集上只熟悉两个地方：一是下车的地方，二是朝小王庄拐弯的地方。后来，家里有了私家车，干脆连这两个地方也不用记了，自有王有根开着车领着自己和儿子回老家。

听说茶岗镇考虑到交通和安全，先后两次规划建设农贸市场，但沿街住户和商贩们抵触情绪明显，最终都不了了之，只好将街道从七米拓宽到九米。拓宽到九米也无济于事，堵梗依旧、怨声日盛。

"要是茶岗村的杨老书记还在任，这农贸市场就建成了，现在的书记吕先业，镇上的杨家人都不待见他，想办点事也难。"说起这事，王有根的父亲也发起了感慨。王有根家所在的小王庄虽然属前进村管辖，但因为离茶岗也就一袋烟工夫的路程，除了上村里办事外很少去村部，买卖出行都是到镇上，集镇上的掌故自然也知道不少。

到茶岗镇茶岗村任职，王有根一是工作队长，主要任务是扶贫开发，二是第一书记，主要任务是建班子带队伍，解决软弱涣散问题。王有根当务之急是履行好队长的职责，抓好扶贫开发；建班子带队伍得慢慢来，做人的工作可不能贸然行事，首先要熟悉情况、厘清关系，看准了再有针对性地做工作。

就从熟悉村里的基本情况入手。全村十几个村民组，一千多户人家五千来人，有建档立卡贫困户219户609人，计划到2018年年底，180户549人脱贫，贫困发生率降到2%以下，实现村出列。王有根逐村民组地走访，熟悉建档立卡贫困户的基本情况。

每到一户，一看粮二看房，三看劳力强不强，四看有没有读书郎，五看有没有卧病在床……

再好的记性也比不过烂笔头。王有根专门准备了一本厚厚的笔记本，对贫困户按户建立"数据库"，将原始数据一一记下来，后面再留下几栏用来记录帮扶工作情况、收入变化情况等。因为是在茶岗长大的，这个环节干起来与派到其他村驻村的扶贫干部相比就轻松多了，一遍跑下来，王有根便将基本情况了解得差不多了。王有根将贫困户的基本情况梳理清楚，对缺劳力、缺资金、缺项目、缺动力或者是因病、因学、因灾、因残致贫的，和村支两委的同志们一起，结合实际逐户逐人制订有针对性的帮扶计划，做到因户施策、一人一策、措施精准。

王有根清楚，扶贫的任务主要是由自己带着村干部们干，开展"三改三引"，搞开发主要得靠自己。"改"也好，"引"也罢，都得先易后难循序渐进。首先就从修路着手，改善交通。

改善交通，国道、省道那不是一镇一村一时能干的事。王有根讲的改善交通是指整修镇区道路和通往各自然村的道路，包括年久失修的或者是根本就没有铺过路面的土路。晴天满天灰，雨天四处泥，集上和村里的住户对行路难的意见很大。王有根计划借市里"农村道路三年提升行动"的东风，将主次干道全部整修一遍。背街小巷不符合"农村道路三年提升行动"的要求，那得另找项目另寻资金。还有一个影响交通的老大难问题，就是骑路集。取缔骑路集牵涉面较大、群众有需求，可不能一关了之，必须疏堵结合，先疏后堵。因此得先把镇区路网修好，把农贸市场建好，然后才有可能顺利地取缔骑路集。

改善环境，就是要推进净化、绿化、亮化、美化，彻底整治茶岗的脏乱状况。王有根筹划着怎样去市交通局，看能不能从"农村道路三年提升行动"中分杯羹，然后再到林业局、文明办去联系，看看有没有符合条件的项目可以申报。正在这时候，在市住建委工作的同学透露了一个天大的好消息。

这个同学是与王有根一起考的公务员，一起上的初任公务员培训班，一起住进市直机关单身宿舍，两人都出身农村，十几年相互扶持着一路走来。进市直机关后的第一个五一长假前夕，这个同学突发急性阑尾炎，王有根忙前忙后，一直忙到同学出院。那时王有根刚认识田静，本打算趁着五一长假去淮滨师专泡几天，趁热打铁猛追一番。但急性阑尾炎处理不当会有生命危险，事情紧急人命关天，王有根别无选择，甚至还听从医生建议，替同学做主，放弃保守治疗方案，让他利用假期直接做了阑尾切除手术。自此，俩同学的关系更进一层，不是亲兄弟胜似亲兄弟。

切除阑尾，按医生的说法，是外科最小的手术，加上同学年纪轻、身体素质好，手术后恢复快，第三天就下了地。那时的市人民医院还没有盖新大楼，外科病区又破又挤，十来个平方米的病房，本来放两张病床就已显局促，但病人多，没有办法，还靠里墙加了一张病床。病人相互干扰，休息不好。第四天医生查房时，王有根的同学就申请出院。医生看了看伤口没有迟疑就答应了，只是叮嘱回家要按时吃药、注意休息，等满七天回医院拆线就可以了。医院也没有办法，一床难求，有时来了新病人住不下，还让医生动员伤口愈合好的病人提前出院。

等忙好同学的事，长假已经接近尾声。王有根心想这一耽搁，倘若让师专新分来的几个男老师抢了先机，追田静的事可能就没戏了。王有根去淮滨师专单身教师公寓时就见过，有献殷勤的，有抛电眼的。

令王有根没有想到的是，五一长假没有去师专露头，反而是件好事。真要是去泡几天、缠几天，可能会适得其反。况且就是去了师专也找不着田静，因为她正烦着哩，几个年轻老师先后在放假前向她发起了攻势，都想着利用这个长假来打一场攻坚战。田静干脆来个以静制动，谁的邀请都不答应，谁的好意都不领情，只身跑回城北县一中父母处安静了几天。

王有根自然不知道这些，等帮同学办好出院手续，再送他回宿舍安顿好时已是中午时分。忙的时候没有顾得上，回到自己的宿舍静下来想一想，他便厘清了思路：整个的长假没有抓住，就是长假的尾巴，那也要不言弃、不放弃。那时手机还没有普及，正是传呼机的天下。王有根便起身下楼找个公用电话打田静的传呼，等了半个小时没有回话，于是通过传呼机留言道："这几天帮忙照顾同学做手术没时间去师专，今已出院想当面致歉，王有根。"

傍晚时分，久等没有回音，正躺在床上万分沮丧的王有根忽然听到传呼机的提示音，一骨碌起身下床，抓起传呼机一看，终于收到了田静的留言："你忙吧，我在父母处，明天上午回校。"

那天中午，田静听到传呼机响，因为这几天传呼太多，呼叫得都烦，所以懒得理会。幸好王有根没有等到田静的电话后发了条留言。后来午休的时候，田静翻看了传呼机，看到王有根的留言，心想，这个人挺仗义，还挺会照顾人的，靠谱。于是，对王有根的印象不但没有减分，而且还有加分。但要不要回复，怎么回，田静一时没有拿定主意，考虑了一个下午，弄得中午都没有休息好，直到傍晚才决定回了条留言。

　　看到回复，王有根欣喜若狂。"我在父母处"，红娘马主任介绍过，田静的父母是城北一中的老师。"明天上午回去"，应该是吃过早饭回来，第二天王有根早早起床，跑到长途汽车站乘六点钟第一班去城北县的汽车。出了县汽车站再叫了一辆拐的，赶到一中门口"守株待兔"，也来个以静制动。那时县城的出租车少，满街跑的都是三轮车，大街小巷钻来拐去，老百姓形象地笑称为"拐的拉客"。三轮车多而且价格便宜，大家也乐意坐。

　　就这样，王有根在田静的心目中由"靠谱"晋级到"有谱"，然后便从追求田静的几个小伙子中胜出。

　　助人者天自助之。帮了同学一个忙，无意中也帮了自己一个大忙。现在那个同学又来帮忙了，将市里正在准备组织建设一批美丽小镇的消息透露给了王有根，并说等几天正式文件就会印发全市。

　　2015年年初，市里新来的书记在赴县区调研时，几次临时停车察看了沿途的集镇，对乡镇建成区的建设管理极不满意，尤其是对骑路集提出了严厉批评，责成陪同调研的市住建委主任牵头，拿出一个建设美丽小镇的方案。于是，市里研究决定成立一个由分管城乡建设的副市长挂帅，市住建委、农委、环保局、交通局等部门组成的领导小组，计划从 2015 年开始，按照两年一批的进度，分批整治提升全市的乡镇建成区，实现由"集"到"镇"的转变。第一批以全市沿边各个出入口和国道、省道沿线的乡镇为重点，建设二十个左右的美丽小镇，总结经验后再推进后续批次的建设，第一批的申报工作即将开始。

不是同学帮忙，申报建设首批美丽小镇的文件和方案，在村里的王有根自然是看不到的，等看到时有可能已经错过了申报时间。看了同学传来的文件后王有根很失望，茶岗镇不是出入口乡镇，也不在国道、省道沿线，不符合申报第一批美丽小镇的条件。市住建委的同学建议请单位一把手出面争取争取，或许还有机会，要不然就等第二批。

第二批，那是两年后的事了，驻村扶贫的任期就三年，那不行。怎么办？王有根忽然想起来，省里规划建设的一条高速公路加密项目正好在茶岗与南面乡镇之间布点建个出入口，当然，出入口靠近的是南面的那个乡镇，将茶岗定性为出入口乡镇显然有些勉强，但也无可厚非。这样，茶岗现在算不上对外的一个出入口，但等高速公路开通后就成了出入口，这可以算是超前谋划。加上茶岗又邻近省城新建的机场，在飞机起降时，从空中对茶岗则是一览无余，有了这些理由也基本符合申报第一批美丽小镇的条件。市住建委的同学听说后，也觉得还是有戏的。

　　既然单位一把手有言在先，如果请一把手出面协调，这申报美丽小镇的事也就有了八九成的把握。不过王有根觉得还是先由自己去申请，一把手这张牌轻易不能打，得留着关键的时候用。事不宜迟，想明白申报的事后，王有根拿着文件越过分管副镇长，直接找到镇党委高书记作了专题汇报。事实上这也算不上什么越级，因为分管扶贫工作的副镇长不分管建设工作，分管建设工作的副镇长王有根又不熟悉，自己作为村第一书记向镇党委书记汇报工作也无可厚非。

　　王有根说，虽然这事超出了驻村工作的职责范围，但这对村里的发展和对镇区的建设都是一次绝好的机会，加上事情重大、时间紧急，就冒昧地越级一次，直接向书记汇报了。高书记说：一级领导一级水平，从市里来的领导就是不一样，站得高，你这种抢抓机遇的意识、主动担当的作风、分工不分家的做法，值得我们全镇的干部学习。这哪里算什么越级，你是市领导，还请你多关心、多支持、多指导。这次不管申报成功不成功，我首先代表茶岗镇党委和茶岗人民衷心地感谢你。

　　听说可以争取项目和资金，镇里自然是高度重视。书记、镇长商量决定由镇长挂帅来申报美丽小镇项目。与市里联系还得靠王有根，加上茶岗村是镇政府所在地，很多工作都得靠村里来做，王有根便和分管建设的副镇长成了镇长钦点的两员干将，具体负责办理申报手续。

王有根在主管全市建设项目的市发改委工作，准备申报材料自然是驾轻就熟。申报材料准备好后，王有根和镇长一行早早地赶到市政务服务大厅，向主管美丽小镇建设的市住建委服务窗口递交申报材料。窗口接待人员说，第一批明确规定了申报范围，只有与周边各市相邻的出入口乡镇和国道、省道沿线乡镇才可以先行建设美丽小镇，市领导小组拟定的建议名单里面没有茶岗镇，可能是茶岗镇不符合条件，等第二批吧。王有根便将茶岗的情况作了具体说明，说茶岗建设美丽小镇正当其时，现在开工两三年后与高速公路同步建成，这不但符合条件，还具有超前眼光。

　　"噢，是这样的，那这些情况申报材料里面要说清楚，要有相关的佐证材料，不然我收了也没有用。"听了王有根的一番解释，窗口接待人员觉得也有道理。

　　"谢谢提醒，申请报告里专门讲了这些情况，还附有高速公路和出入口的规划图。"王有根赶紧补充说。

　　申报材料是收下了，但看样子有点悬。为稳妥起见，王有根和镇长商量，觉得还是请一把手出面协调一下的好，于是再带着镇长回到市发改委，把茶岗申报建设美丽小镇的情况向一把手作了专题汇报。最后镇长郑重其事地请一把手有机会到茶岗去指导工作，也请领导在百忙之中关心一下美丽小镇申报工作。

　　半个月后，喜讯传来，茶岗镇的美丽小镇建设项目申报成功。后来王有根听住建委的同学说，在项目评审会上，参加评审会的专家们意见主要集中在茶岗镇的申报上，争议很是激烈，大致分成两派，而且持反对意见的居多。

"茶岗镇的情况是个特例，很值得研究。从申报材料看，这个镇目前不能算是出入口，但按计划正在建设的高速公路两年后就能通车了，通车后茶岗就是出入口了。我们得感谢茶岗镇，他们替我们想到了这个问题。不是说要用统筹的思维抓工作吗？这就是超前的眼光、统筹的思维。设想一下，高速公路通车之时，从南面进入我市，从第一个出口下来，看到的茶岗是一个功能不全、脏乱不堪的乡镇，会是什么感觉？茶岗镇迟早都是要建美丽小镇的，这一批不建，下一批肯定也要建，迟建不如早建，与高速公路同步建成岂不是更好吗？现在，基层的同志也有这个积极性，那我们就更应该鼓鼓掌、鼓鼓劲！我觉得不但要支持他们建设美丽小镇，而且要指导他们建好，建出特色！我的意见是同意，当然能不能建，最终还是要看同志们的意见。"最后市住建委的主要领导发话了。

是这个理呀！领导就是领导，看得远，想得深。经过这样一引导，持反对意见的专家们立场随之松动。

一锤定音！包括茶岗镇在内，首批建设的二十二个美丽小镇名单就此敲定。

伴随着申报美丽小镇建设项目，王有根的脑海里改变茶岗面貌的思路越来越清晰，勾画出一个小而美、小而优、小而强的新茶岗。这次申报成功，向着王有根三年改变茶岗面貌的目标迈出了关键的一步。

按照市里制订的实施方案，两年内完成"两治四化"任务，即治脏、治乱和绿化、硬化、亮化、美化。可结合镇情特色和群众需求，确定整治范围和建设内容，逐步配齐完善交通、商贸、文体、环保等设施。

　　完成这些整治和建设内容，仅靠市里给的和县里配套的专项资金肯定远远不够。给的钱不够，但给的政策含金量很高。市里要求市直所有部门涉及乡镇的项目，要优先安排到第一批美丽小镇，各类涉及乡镇的专项资金，必须按照不低于百分之四十的比例，用来支持美丽小镇建设。

　　有了尚方宝剑，还怕争取不来项目、资金？这样，一些具体的整治建设项目就可以分别从相关部门去争取资金支持。

　　镇党委研究后明确分工，书记和王有根负责争取项目，整治建设由镇长总负责，王有根和分管副镇长具体负责指导，镇建设办和茶岗村负责组织实施。

　　分工之前，高书记专门找王有根谈话，明确地说，美丽小镇建设讲是镇里挂帅，但主要工作还是靠村里做。比如争取项目，镇里的同志同县直部门熟悉一点，但到市里那得主要靠王队长牵线搭桥了。再比如项目实施，分管镇长除分管建设办外，还要分管民政办，还包点联系一个村，等等，建设办要主管全镇包括十个村的各类建设项目，要是能够用四分之一的时间和精力来抓美丽小镇建设就不错了。

　　书记说的这些也都在王有根的预料之中。茶岗村作为茶岗镇的驻地，很多事情镇村本来就分不清，就是能分清，镇里交办下来村里还能讨价还价？再说了，没有付出哪有回报？作为驻地村，近水楼台毋庸置疑，分到的资源、得到的好处比其他村要多得多。比如茶岗村就是全镇第一个通自来水的村，镇里建了个自来水厂，村里自然就不用另建了。

按照要求，建设美丽小镇首先要编制规划，确定规划设计单位必须招标。但招标程序复杂、手续烦琐不说，一趟一趟地跑县招标局，一个流程下来需要一两个月时间，美丽小镇建设的周期只有两年，这样慢慢走程序肯定耗不起。镇长和王有根及分管副镇长三人商议，鉴于编制这样简单的整治建设规划，经费可以控制在十万元以内，按规定可以由镇里自主组织邀标，这样程序简化进度快。于是他们决定让镇建设办尽快启动邀标程序。

王有根决心借这次美丽小镇建设的机遇带好队伍，抓好村班子建设。首先要让吕先业来打头阵，让他在美丽小镇建设的舞台上展示自己，让他用实际行动取得茶岗四大家族的信任。杨凡友也要压压担子，作为年轻的村委会主任，要讲担当、讲奉献，要在重要工作中历练、在困难问题中磨炼。还要调动村班子每个成员的积极性，形成领到工作一起干、遇到困难一起上的氛围。

如果能利用美丽小镇建设的机会，将村里的班子锻造成书记领导有方、成员齐心协力、群众拥护认可的队伍，这比建设美丽小镇本身的意义还要重大、影响更为深远。毕竟，一个能干事、肯干事、会干事的班子，对于一个村来说至关重要。王有根越想越感到自己肩上担子的沉重，本来只是想着按照市里县里的安排，按部就班地抓好脱贫攻坚工作，再做一些锦上添花的事，比如通过争取一些项目，引进一些企业，改善茶岗的基础设施和经济结构。没想到走着走着，路越走越宽；干着干着，事越干越多。现在看来，三年任期内除了要摘掉贫困村的帽子、撕掉软弱涣散村的标签，还要戴上美丽小镇的花环。

就在王有根准备撸起袖子建设美丽小镇的时候，镇扶贫工作站在QQ群里通知，请他下星期四下午从镇里集中乘车到县委党校报到，参加为期三天的全县选派扶贫干部专题培训班。

为了更好地落实精准扶贫精准脱贫的最新要求，县委组织部联合县扶贫办举办这次培训班。之所以利用周末时间来办班，是因为想请到省扶贫办的权威专家只有错开专家们的工作日程。就是周末时间，请专家们讲课也得排队，专家这边讲完课就得出发赶到下一个市县去。要想抢先请到专家，还得靠县领导出面，打着乡情友情等感情牌去争取。

到村任职之初，王有根与村班子成员相继谈过话，但那只是初步的了解，现在到了交心交底的时候了，特别是吕先业和杨凡友，必须谈深谈透谈明白。兵熊熊一个，将熊熊一窝。甩掉软弱涣散村的帽子，首先是要把吕先业的信心建立起来、潜能激发出来、能力提升上来、形象树立起来！

必须赶在到县里参加培训前谈一次话，这样就可以将美丽小镇建设和其他工作一起安排妥当。想到这里，王有根打定主意，明天是周末，今晚就去吕先业家把话说开。

3

　　吕先业的家就住在新街南头的堆坊自然村，随着新街向两端的不断延伸，堆坊村已经与茶岗集连成一体了。王有根走访时顺道去过，还吃了顿便饭。当年为了迎娶王咏梅，吕先业家在老屋的后面加盖了一进新房，两进之间是个小院。院子里有树有花，被收拾得停停当当、服服帖帖。

　　堆坊原名吕家堆坊。据说老吕家曾经有个大地主，在茶岗南面的岗头上建有几个粮堆，又开坊磨面，于是便有了吕家堆坊的由来。打土豪分田地后，地主被镇压了，地名却保留了下来。只是吕家堆坊说起来还好但写起来麻烦，吕家堆坊便被简化成了堆坊。

　　那一次吃的说是便饭，其实是一顿丰盛的晚餐。当时王有根刚进村不久，自个儿到街南头走访，赶上快吃晚饭的点，遇到骑车回家的吕先业。王有根知道，为了避嫌最好不要在村干部家吃饭。尤其吕先业的妻子王咏梅也姓王，虽然茶岗集上的王同小王庄的王是两码事，甚至可以说八竿子打不到一块儿，可别人却不一定是这么看的。

但都到了家门口，不进去也不近人情。身正不怕影子斜，真要是不进去反倒显得生分了。王有根要求不添菜不喝酒，就吃家常便饭。客人是第一次上门，不喝酒自己可以做主，添不添菜那是由主人说了算的，因为主人可以做了不说。

虽然王有根说自己的血脂血糖指标都临近超标，准备再多的菜也不能多吃，但菜是一定要添的，那是表示尊重的形式，恰到好处的形式必不可少。茶岗人摆摊起集起的家，向来好客，"千差万差，来人不差"，没有条件也要创造条件，营造一个隆重温馨的氛围那是必须的。

那一次，王有根是领教了王咏梅的厨艺。进门不到两杯茶的工夫，她就弄出了几碟几碗一桌菜，尤其是那锅贴馍，面和的功夫到家，火候掌控得恰到好处，一面是脆而不焦，一面是柔而不粘，吃起来香脆爽口、回味绵长。

正准备约吕先业谈谈，碰巧当天下午见王有根还没有动身回家的迹象，吕先业先开了口："王队长，今天不回市里？"

"这个星期不回去了，下周到县里培训再顺道回去。"

"晚上去家里喝两杯？"

"好呀，嫂子做的锅贴馍特别香，有锅贴馍就行，酒就免了。"

令吕先业没有想到的是，王有根已经决定这次酒是不免了，没有酒怎么长谈深谈？王有根这样说，主要是怕吕先业再约其他人，一来怕他破费，二来有他人在就不方便谈话了。

或许是年龄相仿，也或许真的是因为自己也姓王的缘故，吕先业夫妇与王有根一见如故。王咏梅能嫁给吕先业，那是吕家的福分，他们俩的传奇故事是茶岗公开的秘密。

那年那月，王咏梅可是茶岗集上的大美人一个，提亲的踏破门槛，但都吃了闭门羹。虽然吕先业也是茶岗集上不可多得的后生，但要不是那次听大鼓发生了件尴尬事，吕先业是不可能吃上天鹅肉的。已有消息传来，茶岗北面石集镇上远近闻名的老黄家正托人来打听王家的意思。

撤区并乡前，石集区管辖着茶岗等七个乡镇，区公所驻地的石集成了安丰县南部的中心集镇。老黄家是石集上的名门望族，清末民初时出过大人物，在京城乃至海外都开枝散叶。大人物虽然早已归西，但余威尚在、影响尚存，远的不说，省城就有几个黄姓家族的成功人士，有从政的经商的，还有教书的搞科研的。

王有根记得小的时候，村里热闹得很。那时还不叫村，叫大队，镇也还是叫公社，后来改成了乡，再后来撤乡建的镇。街上不仅有说大鼓的，还有唱戏的，时常还放两场露天电影，大队里还有锣鼓队。现在则大不同，大家更多的时间都是各自缩在家里，年长的看电视，年轻人则是手不离机、眼不离屏。集体活动，男人们主要是几个人凑在一起喝酒或者打麻将，女人们要么是三人一堆四人一伙地扯东家长西家短，要么是晚饭后去跳广场舞。镇上没有像样的广场，大姑娘小媳妇们就分成几拨，挤在好又多超市、老电影院或者是粮站的门前将就着跳。

在茶岗周边农村流行说大鼓的年月，有的人家老人做寿，孝顺的儿女们便请来说大鼓的艺人连说两三个晚上。茶岗人不论大人小孩尤其是老人们，都爱听瓦埠湖边上洪家庄里的洪老艺人说大鼓，什么《张四姐闹东京》《穆桂英挂帅》《薛仁贵征西》等，百听不厌。

请说大鼓的，成本也不高，管吃管住一晚上再给个两三块钱工钱。场地是现成的，房前屋后扫出块空地来，在屋檐或大树下拉盏电灯就可以了。当然，还得准备一盏汽油灯，那年月供电不正常，说不准会碰上拉闸限电或者是漏电跳闸。不做准备就有可能把喜事办坏好事办砸，惹大伙扫兴事小，让老寿星不高兴影响可就大了。

主人家少不了摆上一两张八仙桌、几把椅子和几条大板凳，烧上几瓶开水，再泡上一壶茶。遇到大方好客的，还要摆上瓜子花生甚至糖果。当然那也就是摆摆样子而已，主人客气地招呼大家来吃，大家也都自觉，要么不吃，要么一边称谢一边象征性地捡上几颗抓上一撮。那几把椅子和大板凳算是雅座，专供老寿星和几个前来贺寿的亲戚们围桌而坐，其他的听众得自己带只小凳子，嫌麻烦的干脆抓把稻草或者麦秸秆垫上，席地而坐。当然，如有大队干部或者是集上有头有脸的人来，那也是要请上雅座的。

大姑娘小伙子们也会抓住这难得的机会，当然他们可不是来凑热闹的，一个心照不宣、喧宾夺主的任务就是看能不能在听大鼓中碰撞出爱情的火花来。那时节的农村实行家庭联产承包后，集体活动就稀少了，即使有也主要是在本自然村内，年轻人跨自然村交流的机会不多，说大鼓便为少男少女们搭建了村际交往的平台。在听大鼓的间隙，心有灵犀的青年男女们便开始互动起来，两情相悦的便自此开始约会，一厢情愿的也会想尽办法去提亲保媒。

吕先业当年就是在听大鼓时遇到机会追上王咏梅的。关于吕先业是如何得手的，流传的版本很多。总之，在诸如此类事例的示范下，听大鼓就更多了一层吸引力。

历史上黄河几度侵淮夺淮，导致淮河水系紊乱，加上水利工程落后，形成大雨大灾小雨小灾不雨旱灾十年九灾，尤其在降水集中的六至八月份，短期强降水极易造成沿淮地区内涝，淮河成为一条难治的病河害河。靠湖近水多灾多难的洪家庄人为讨生计，不知从什么时候起，代代相传，练就了一身说唱的本领。尤其是洪老艺人，远近闻名。

每次开场和中场休息时，洪老艺人都会说个荤素搭配的段子，让大家伙儿笑个人仰马翻，提提神打打气，吸引听众的注意力。大家听过了笑过了，说书的内容大半记不得，唯有那段子能记个大差不差，有的人甚至记得一字不差、滴水不漏。其实说的那些段子也都是老段子，只不过大家就爱听洪老艺人的那腔那调，看他那专注的神情、搞笑的姿态、夸张的做派。洪老艺人演出经验丰富，对听众的心理掌握得一清二楚，活跃气氛、提振精神的火候拿捏得自然也是恰到好处。

说到精彩处，一看时辰差不多该休息一会了，便话锋一转，"后事如何等会再听，喝口水来润润喉咙"，戛然而止。于是，围在老艺人周边目不转睛的观众们和坐在外围侧耳倾听的听众们，便轰然打破宁静：热议故事情节的有之，传播小道消息者有之，更多的是走出场地去找地点方便。小男孩们自然是转身走上几步就地解决，小伙子和男人们则是找个偏僻的地方速战速决。大姑娘小媳妇们便三三两两地结伴而行，有的还带个手电筒，找个厕所，轮流进去，其他人在外面把门放哨，严防冒失鬼闯了进去。

洪老艺人喝几口水，休息几分钟，便清清嗓子，打起快板敲起鼓，算是通知大家下半场即将开讲了。一听到再次响起的鼓声，大家知道好戏即将上演。因为这个时候，洪老艺人要说段子了，大家便立即各自归位，生怕少听了一段，哪怕是漏了一字一句。

说的段子，有从唐伯虎、纪晓岚的传说中移花接木编出来的，如作诗贺寿的故事，"八十老母不是人，九天仙女下凡尘。四个儿子都是贼，偷得蟠桃敬母亲"，有借传统戏曲之名改编的，如《三女拜寿》等。

有时他还卖卖关子，故意吊吊大家伙的胃口。比如，三女拜寿的故事，洪老艺人就准备有几个版本，有荤有素，老艺人故意先说素段子。

"话说从前有个员外，三个女儿赛天仙，大女婿读书有文采，二女婿练武是将才，三女婿种地带卖柴。"说起段子，洪老艺人越发夸张地摇头晃脑、抑扬顿挫。

"正月十五女儿女婿来拜寿，大女婿二女婿有权又有势，存心耍耍小妹婿，提议用'尖尖''圆圆'对句子来凑兴。大女婿出口成章：我笔头尖尖、笔杆圆圆，京城去赶考，中个文状元。二女婿照葫芦画瓢：我箭头尖尖、箭杆圆圆，京城去赶考，中个武状元。三女婿对不上，憋得脸红头出汗。"洪老艺人总是关键的时候停顿下来，微闭着眼睛，打起快板敲起鼓，足足等上一两分钟才开口。

"三女儿出面打圆场，也照着葫芦画出瓢：我镰刀尖尖、麦捆圆圆，养活两儿去赶考，中了文武两状元。"

大家听着发现是素段子，便一阵唏嘘，纷纷起哄：不对不对！重新讲重新讲！

洪老艺人又是一阵不紧不慢的快板和鼓点，改口唱道："三女婿坐着直想钻地缝，三女儿赶紧来打圆场：我奶头尖尖、屁股圆圆，生下两儿去赶考，中了文武两状元。"哄堂大笑中，观众的情绪被彻底调动起来，接着便言归正传了。

据说吕先业就是在王咏梅去方便的时候，一不小心幸运地碰到了抱得美人归的机会。

有一种闺蜜，叫靠不住。那天是个月黑风轻的夜晚，王咏梅和两个闺蜜去方便，进了茅厕蹲下后，才看到墙角盘着条大蛇。受王咏梅系列动作声响的打扰，静眠的大蛇苏醒过来，本能地昂起了头睁开了眼。虽然在手电强光突袭下惊慌失措、无所适从的大蛇毫无攻击力，但王咏梅生性怕蛇，蛇不吓人人自吓，一声尖叫，吓得茅厕门外的两个闺蜜丢下王咏梅拔腿就跑。

就在不远的偏僻处速战速决的吕先业，刚放下手中的活计，闻声便几个箭步冲过来，救人要紧，不管三七二十一，见茅厕里有个人，抱起来就往外跑。等跑到敞开处松手放下后，吕先业借着远处投射过来若有若无的灯光，才发现自己抱出来的是茶岗的后生们有想法没办法的大美人王咏梅。

回过神来的王咏梅，发现自己衣衫不整，好不尴尬。吕先业识趣地转过身，跑回去捡来王咏梅慌乱中扔掉的手电筒，然后再将惊魂未定浑身瘫软的王美人送回了家。两个跑走的闺蜜惊动了更多的听众。事后，有人说王咏梅吓尿了裤子，有人说王咏梅是吕先业抱回家的，这个秘密只有吕先业和王咏梅才知道。

那个年代，王咏梅遇到这事，虽不能说是"失身"，但肯定算是"失名"了，纵然那天晚上吕先业只是陪着自己回家的，什么也没有发生，但黑灯瞎火的谁知道有没有发生什么。这下王咏梅跳进黄河洗不清，吕先业则得来全不费工夫。吕家就势找个中间人正式去提亲，王家看小伙子也不错，就问女儿的意见，王咏梅也就半推半就答应了。其实，自那天晚上"失名"后，王咏梅就在默默地考虑自己的事了。吕先业及时出手相救、及时松手放人、及时转身回避，小伙子为人仗义又善解人意，王咏梅思忖着他是个可以托付终身的人。现在吕先业真的来提亲了，这或许就是所谓的缘分、天意，事已至此，王咏梅也就想开了。

关于这事，茶岗流传的大多是以讹传讹，有的更是添油加醋，说得有鼻子有眼的，也有好事者想打听一下当时的细节。吕先业自然是说什么事也没有发生，但这一面之词又有谁信呢？吕先业越是不说，大家越是好奇，甚至有人心有不甘，趁着酒后想从吕先业嘴里套出点什么，求证一下大家的猜测，但也都无果而终，这事便成了一桩悬案。可惜的是，后来随着收音机尤其是电视机的普及，听大鼓的人越来越少了，说大鼓的也就逐渐断了生路、灭了踪迹。

吕先业是幸运的，但幸运不会随随便便来敲门。如果他自己不是个不错的小伙子，王家和王咏梅也不会那么爽快就答应的；如果他自己不是个可造之才，杨老书记也不会有意培养他的，更不会举荐他担任村支部书记。

来到吕先业家时，王咏梅已经准备妥当了。这是王有根意料之中的事，吕先业肯定会提前打电话通知的。但出乎吕先业意料之外的是，王有根这次是有备而来，请来了自己的伯乐杨老书记，还拎来了两瓶酒。

下午，王有根答应去吕先业家吃锅贴馍后，便去了杨老书记家。吕先业是杨老书记培养、力荐的，再把老书记请过去帮帮腔，一同给吕先业打打气，这样效果可能会更好。杨老书记"文革"后就开始在大队工作，后来担任大队书记，再后来就是村书记，直至因为年龄原因才退下来。他不仅熟悉村情，而且谋事有眼光、工作有方法，为人正直有威望。王有根曾经去登门拜访过，但那次因为是第一次上门，主要是礼节性地拜访，也就没有长谈细谈，更没有深谈。

既然美丽小镇建设的主要任务落在村里，那就得争取各方的支持。王有根觉得完全有必要把成功申报美丽小镇建设的事告诉老书记，听听杨老书记的想法，关键的时候可能还要发挥杨老书记的余热。还可以借建设美丽小镇的话题，认真地汇报自己驻村工作的一些想法，再就村里的发展、日常工作要注意的事项，真诚地请教一番。当然，这次拜访还有一个重要任务，就是请老书记一起去给吕先业鼓鼓劲。

来到杨老书记家，一番寒暄后，王有根便把美丽小镇申报的情况、市里的原则要求，一五一十地告诉了杨老书记，再把自己的一些打算和盘托出，把茶岗的美好蓝图描绘一番，提出一些设施、项目建设的初步想法，也把整治建设中可能遇到的困难向老书记作了汇报。比如美化店招、净化墙体、改造厕所、清理杆线、硬化街巷等，都需要镇上的住户、商户配合，尤其是清拆乱搭乱建、清理乱摆乱占就有可能出现不理解、不配合甚至是对抗的现象。还有建设市场、广场、停车场、污水处理站、公共厕所的选址征地，也都有可能遇到阻力，都需要做大量艰苦细致的工作。

听了王有根的介绍，杨老书记很高兴，明确表态：我这把老骨头只要有能用得上的地方只管说，一定义不容辞。

老书记自然很高兴，因为这些整治建设内容，很多就是自己曾经想做的事，但受条件所限，没有能够实现。现在，自己心中的蓝图就要有着落了，而且有的项目还是当年自己想都没敢想的，或者是自己根本就想不到的，比如污水处理站，老书记就没有想到过。也难怪，那时候污水处理的概念尚未普及，好多城市、县城都没有污水处理厂，更不要说偏远的茶岗了。

聊完美丽小镇，王有根及时转移话题："美丽小镇怎么建，回头请专家来做规划时，还要开座谈会，到时候再请您参加，让专家们也听听老书记的高见。还有几个问题，上次来拜访时就想请教，当时觉得有些唐突，就没敢说。您老也知道，我是从校门直接进了市直机关的门，没有基层工作经验，虽然我也是在农村长大的，但主要是对前进村的情况了解一些，对茶岗村了解得不多，想请老书记对我的工作提要求。"

杨老书记没有想到这个市里派来的小同志是如此的低调、这般的谦虚，便把自己的一些工作经验、想法、建议，毫无保留地告诉了王有根，还专门强调："要想办法发展村级集体经济，只有村里有了收入，才能办更多的事，才能更好地办事，比如培育乡风民风、丰富文化生活，还有集镇的日常管理维护，等等，都需要资金。有些事上面有专项资金，但上面的资金是以补助为主，镇里面的财政收入情况你也知道，只是吃饭财政，村里有了钱工作才能主动，才能按照自己的想法去办些事，才能进入良性循环。这一点我深有体会，过去是集体，那时候大队小队手里都有些钱，安排群众工作还可以计工分，分田到户后，给群众派活就不行了，但还有三提五统，再后来农村税费改革，提留统筹也都没有了，村里就断了收入，想办点事就更困难了。"

"谢谢老书记，你的要求我都记下了，尤其是发展集体经济增加村里收入的事，回去后我会和村里的同志们一起认真考虑，把这个作为一项重要任务来谋划、来落实。今天来，还有件事请老书记帮忙，想请您出场，我们一起去给吕先业打打气、鼓鼓劲。"

提到吕先业，老书记感慨很多。听王有根说的意思，是想把吕先业推上前台，让他抓住美丽小镇建设的机遇，在镇里的支持下大干一场，把公心融入工作，把能力展示出来，用两年时间彻底改变茶岗的面貌，让大家主要是让杨家在政绩面前心服口服。老书记听了越发高兴，欣然同意一同前往。

杨老书记想，王有根去找吕先业谈话，帮助的是吕先业，又何尝不是在帮自己呢？谁也没有想到我土生土长的老杨，居然也会出现水土不服的情况。自己出于公心、基于茶岗的发展大计，推荐了吕先业，没想到事情变成这个样子，有时自己都怀疑自己，是看错人了还是想得不周全？要是真能像王队长讲的那样，就能证明当年推荐吕先业是正确的、英明的、讲大局的，也就能了却自己的心病、洗刷自己的不白之冤了。

三个人两瓶酒一席话。吕先业在王有根的引导下、在老书记的鼓动下，信心满满地表态，一定不负老书记的栽培、不负王队长的厚望，全力以赴好好干，不干好决不收兵。

做完吕先业的工作后，第二天王有根又抽空去了趟杨凡友家。

在与吕先业、杨凡友交换意见商量妥当之后，星期一专门召开村"两委"班子会议，对工作进行明确分工，做到千斤重担大家挑、人人肩上有指标。

全县选派扶贫干部培训班结束后，王有根顺道回家一趟，准备回单位去汇报工作，再到市住建委等部门去串串门。这次回市里后，下次可能要等两个礼拜以后才能回来了。因为培训班上，省扶贫办的专家透露了下一步的工作安排，省扶贫办的文件正在走发文程序，即将印发。全省将统一行动，组织一次"大排查"工作，对建档立卡贫困户进行逐户逐人逐项排查，开展"六看"，看扶贫对象准不准、脱贫需求清不清、帮扶机制实不实、资金使用准不准、指标数据全不全、脱贫成效真不真。

排查过了，再在每个村民组召开村民代表会议，评议确定的贫困户名单，评议结果在村民组和村张榜公示，送镇审核后再报县扶贫办。县里通过大数据平台组织开展"八比对"，与公安机关比对人口信息、与房管局比对是否购买住房和门面、与财政和人社局比对是否有财政供养人员、与交管部门比对是否购买小车货车工程作业车、与工商局比对是否有工商营业登记、与残联比对残疾证信息是否真实或漏录、与民政局比对是否领取定补优抚、与住建委比对是否在乡镇和城区有自建住房。

"大排查"就是要清退不符合规定的贫困人员，防止扶贫政策养懒汉，杜绝个别人背靠墙根晒太阳、等着别人送小康，确保贫困户识别精准，真正瞄准扶贫对象，做到扶真贫、真扶贫。

这次"大排查"忙起来至少得十天半个月。汇报完工作串过门，王有根便赶回茶岗，扶贫发展必须两手抓、两不误才行，争取赶在"大排查"之前，启动美丽小镇规划编制工作。回茶岗后王有根直接去了镇建设办，看看邀标的进展情况怎么样。

镇建设办专门负责全镇各类项目的规划建设，干起邀标这样的活来自不在话下，一切进展顺利。中标的省建工学院规划设计院答应第二天就派出规划设计人员进驻茶岗，开展现场调研，听取镇里的主导意见，收集相关资料。

为了便于推进下一步的整治建设，王有根决心把规划编制的过程作为一个听民意、聚民心、集民力的过程，于是配合规划设计团队，组织召开各层次的座谈会，一方面让设计人员广泛听取各方意见，另一方面让市里的政策要求家喻户晓，让茶岗的美好蓝图妇孺皆知，以便下一步顺利推进整治建设。

正在这个空当，省里"大排查"的文件经市转发到县，县里正式通知各乡镇组织开展"大排查"。王有根和吕先业、杨凡友研究决定，村干部两人一组，分片包干，严格按照文件规定的程序，逐户逐人逐项核实。为了集中力量搞好"大排查"，村里的临时小食堂再次开伙，整整忙了两个星期才完成全面排查工作。

没有想到的是，这次排查村里虽然没有发现问题，但县里通过大数据平台核查，发现有两户疑似错评。反馈回来的信息显示，一户在县城购有两间门面房，一户名下有一台收割机，按规定购有商品房、大型农机具的家庭是不能评为贫困户的。后经镇扶贫工作站与村联合调查核实，这两户情况特殊不属错评。

有门面房的贫困户是母子俩，当家的前年出车祸不幸遇难后，肇事方赔付了八十多万元，对如何处置这笔赔偿款，亲属们建议，鉴于孩子未成年，在县城买两间门面房，收取房租当作小孩的生活费和学费。名下有台收割机的贫困户，虽然收割机的出厂日期和购买日期都是 2013 年，但这个贫困户是在 2015 年购买的二手收割机，按政策规定，在 2014 年建档立卡时没有大型农机具即不属错评。村里将这两户的情况写成书面报告，经村民组确认后由镇转报县扶贫办。

有惊无险，忙完"大排查"后，美丽小镇建设规划征求意见稿也编制出来了。先征求镇村各方意见，修改完善后形成评审稿，然后组织召开一次专家评审会，对规划进行一次讨论，再综合各方意见修改完善，形成送审稿报县规委会研究批准。

按程序，这个评审会是由县规划局组织召开。届时，县规划局把全县几个美丽小镇的规划评审稿收齐后，从省城请来一个德高望重的专家，再请几位市、县规划设计界的专家，组成专家委员会，省里来的专家自然而然被大家推选为专家委员会主任。在市发改委工作的王有根，十分清楚这样的评审会有时会流于形式，几个专家听规划编制单位逐个汇报规划编制的情况，然后再讨论提提建议。一方面，这些专家和规划编制单位的规划编制人员都是业内人士，要么是同门师兄弟，要么是某个老专家的徒子徒孙，所以提意见时，提出的就是些便于修改的意见，或者是些不痛不痒的非原则性意见。另一方面，几个小时讨论几份规划，时间仓促，尤其是放在后面讨论的规划，仅仅是汇报重点章节，大部分内容都是一带而过，评审的效果便大打折扣。

为了编制了一份群众中意、上级满意的美丽小镇建设规划，王有根提议认真召开好规划评审会之前的征求意见会。当把这个想法向镇领导汇报后，书记、镇长都很支持。王有根便以镇政府的名义，从市住建委、市旅游局等部门邀请几位行家里手，再请来杨老书记等几位茶岗本地的土专家，广泛深入地征求意见建议，把规划修改好、完善好。

经过认真征求意见的规划，在县里组织的专家评审会上得到了专家和领导们的一致肯定。省里来的老专家就高度评价："这是一部为茶岗量身定做的规划，是一部上连天线、下接地气的规划，既契合时代特点、符合市委要求，又吻合民心民意、适合茶岗实际。"

蓝图绘就，只等开建。曾经辉煌现在没落的茶岗，没想到柳暗花明迎来了一个建设发展的春天。

眼见为实。为了更好更快地推进整治建设，王有根建议选择一条小巷和这条小巷的周边区域先行整治，然后请村民代表来参观评议，让大家提提意见完善整治方案，通过示范带动为后续的整治建设营造氛围。镇长和分管副镇长都说这个方法好，磨刀不误砍柴工，先试点示范虽然可能要耽误点时间，但有了经验后就能避免走弯路，群众看到整治效果后就会支持拥护，后面的工作推进起来就会更顺更好更快。

　　茶岗大整治大建设的序幕就此拉开。在做足政策宣传的文章后，"两治四化"逐项按序推进。在杨老书记的倡议下，借建设美丽小镇的东风，茶岗还建成了一座多功能的文体活动广场。

4

　　当年茶岗村的新村部建设，拉开了茶岗新区建设的帷幕。

　　茶岗村的老村部建在新街的中间，沿县道坐东朝西，四上四下的两层小楼。上级推动村部标准化建设时，茶岗的村部面积不达标、功能不完善，村部两侧紧挨着盖满了居民楼，后面则是一口二十余亩的当家塘，那可是当年借着"一定要把淮河修好"的号召，集全村之力就着地势修的当家塘，塘不能动，自然就没有了扩建的空间。新街粮站的南面有条东西向的村道，茶岗人习惯上称之为粮站路。当时有村干部提出到粮站路上去盖新村部。当时还在任的杨老书记力排众议，将村部搬到镇南面的乱石岗上，开辟了一条与老街和新街垂直的新路，并取名广场路。

杨老书记认为，村里没有一个像样的广场，举办活动没有场地，可以借村部标准化建设之机，平掉乱石岗，这样既避免占用耕地，又能开发利用荒芜的乱石岗，乱石岗挖出来的土还能填平岗下的洼地，建一个广场。如果到粮站路上去盖，全部是占用耕地，民以食为天，可不能这样糟蹋基本农田。

　　但是，当年建设新村部，上级只给了六十万元专项资金，村里加上卖掉老村部的钱，才凑了一百万元，只够建新村部，修广场路还有缺口。没有办法，村部门前的广场路暂时只修了半幅，后来借修"村村通"的机会才将路修齐。没有资金，建广场的计划也就放了下来，结果一直放到杨老书记退下来，也没有机会建设。这成了老书记心中的一个遗憾。

　　现在机会来了。杨老书记虽然退下来了，可是王有根、吕先业没有忘记自己，于是老书记再提建广场的事。

　　但是，广场到底在哪里建，镇村形成了两种意见：以杨老书记、王有根为代表的一种意见，是在茶岗村部门前建广场；以分管镇长为代表的一种意见，是在新开发的商贸街附近修建广场。分管镇长的意见也有道理：这样可以促进商贸街的商品房销售，带动镇区的房地产开发，进而给镇里带来新的收入，缓解建设资金不足的问题。

　　前些年，随着老街住户外迁，周边村庄农户到县道边沿路建房，茶岗新街不断向南北延伸，绵延近两公里。于是开发商相中了周边农户进城镇的市场机会，借着运输个体户吕先富沿粮站路建房引领的时尚，在粮站的东面，沿粮站路的南北两侧购得一块地，南北向开发一条新商贸街。商贸街两侧开发商住楼，商住楼后面则建设多层住宅和两层的联排别墅。工程分两期，一期建设粮站路北面区域。茶岗集周边几个行政村的年轻人成了这批商品房的买主。那时年轻人订婚、成家，要么在县城有房，要么就必须在镇上购房。这股风气，既有攀比的成分，更有开发商宣传引导、推波助澜的因素。

去县城买房太贵，况且要是在县城没有个正儿八经的工作，茶岗离县城那么远怎么办？所以大部分人还是选择在镇上购房。随大流的从众心理，让到镇上买房子住成了一股浩浩荡荡的潮流。一时间，茶岗商贸街的房子炙手可热。

然而好景不长，购房的大多是外出务工的年轻人，赚了些辛苦钱，回来买套房子结婚用，平时并不在新房里面住，要么继续出去打工，要么回老房子里住。因为小两口住在镇上，一切都要另起炉灶，水电气菜都要另花钱买不说，洗涮拖都得自己干，住一段时间后大多又回老村庄和父母兄弟们住一起了。年龄大些的人则认为，离老家庄子几里地，就近又没有菜地，左右邻居大多是陌生人，这样的房子中看不中用，住起来闷得慌。

久而久之，镇上的房子市场萎缩，一期房子第一批卖得很火，后面就卖不动了，等着回笼资金建二期的计划落了空，二期便成了遥遥无期。新房住的人少，物业费也收不上来，导致物业管理水平低，乱搭乱建、乱拉乱挂现象普遍。再加上镇上的基础设施跟不上，没有污水处理系统，致使商贸街刚建成时风光亮丽，不到两年便风光不再。

于是，到镇上买房刚形成风气便偃旗息鼓了，这让开发商进退两难。当年买地只付了北面那块地的征地款，南面那块地说是等资金周转开了再付。当时土地拍卖价格相当可观，每亩五十万，除掉给农民的补偿款后镇里净赚两千多万元，开发商先付了一千多万元，还欠一千万元。欠一千万就欠一千万吧，已经收入的一千多万，除支付了农民的征地补偿款，补了前面几年财政的亏空外，还够镇里贴补几年。

没有想到的是商贸街烂尾了。开发商欠的那一千万也自然没有了下文。镇里找开发商索要购地款，开发商提出让镇里想办法帮忙把一期的房子卖完，把二期再搞起来，否则也没有钱。镇里能想出什么办法？现在搞美丽小镇建设，要是在新商贸街附近规划建设个广场，改善一下周边环境，或许能带动一下，于是便有了到新商贸街建广场的意见。

王有根就和杨老书记、吕先业几个人商量着怎么办。杨老书记说，自然是据理力争，这样吧，你们不便讲我来讲，我是退下来的人，你们还要同镇里的同志们合作共事。

在座谈会上，杨老书记抛出了自己的观点：在村部门前建广场，一来这是早就设想好的，也预留了地块，村部门前那条路叫广场路都叫了好多年了，这一方案已经深入人心；二来乱石岗是废弃地，不占用土地指标，建设成本低；三来既建了广场又平石岗填洼地美化了环境，还能围绕当家塘建个公园，打造濒水景观，给地处岗头上的茶岗增添几分灵气；四来建在村部这边方便群众活动，建在新商贸街，等于是给开发商建的，开发商为了卖房子，自己可以搞配套。

王有根也以退为进地附和：在新商贸街建广场，确实能改变一下周边的环境，但也不一定就能卖掉房子，这是有风险的。我们分析一下房子为什么不好卖。主要还是需求问题。我倒有个建议，把镇上的幼儿园、小学、中学建好，现在又全面放开二胎了，说不定为了孩子上学方便，还真能卖掉房子。哪个做父母的不为小孩着想？前几年买了房子没有住，再等一两年，当年买房子结婚的，小孩马上要上学了，如果能把前期工作做好，把这个观点作为卖点宣传好，说不定一期的入住率就上来了，新商贸街的人气也就上来了，二期也就有了市场。还有，这次还规划建设个污水处理站，我将专门去市环保局争取项目资金，建好了就能解决新商贸街的污水问题，也就改善了周边的环境，这必将促进新房的销售。

看会场已经悄无声息，王有根心想大家是接受了自己的观点，至少是被自己的观点吸引住了，便进一步展开说：这都是从短期看，从眼前着手。从长期看，要想房子好卖，主要还是要发展经济，发展房地产是要靠市场需求来支撑。我们设想一下，镇里引进几个企业，带动一批人就地洗脚上田，到镇区的企业上班，有了稳定的工作和收入，这样这批人就有了就近购房居住的需求。

如果绝大部分劳动力从农业生产转移到工业和服务业上来了，那又促进了土地流转，加速了农业的规模化、机械化，劳动力进一步解放出来，又为工业、服务业的发展提供了劳动力资源，从而又能促进镇区的二、三产业发展。一旦进入这种良性循环的状态，我们茶岗的城镇化会快速推进，到那时就会有更多的人住到镇区来，那还愁房子不好卖？可能还要开发一批商品房才行。

句句在理，一针见血，入木三分。毕竟是市里下来的，王有根的分析和建议站得高、有远见，让主持座谈会的分管副镇长自愧不如，更让应邀参会的开发商茅塞顿开。分管镇长也不好多说，本来也就是想着为镇里尽快要回那一千万的，现在要是说多了，有替开发商说话的嫌疑，那就吃力不讨好了。况且，如果按照王有根的思路来操作，不仅那一千万不成问题，下一步还能有更多的财政收入。如此这般，杨老书记的意见自然就占了上风，广场的选址就定在了村部的门前。

王有根从建广场讲到建污水处理站，这里是打了埋伏的，将来建污水处理站要是资金不够得让开发商赞助一点。他又讲到了引进企业发展经济，这也是王有根拟定的目标任务，要通过"三引"推进茶岗的经济结构调整，发展工业服务业和促进农业内部的结构调整，扩大经济作物的种植面积改变粮经结构，发展养殖业改变种养结构。在这里讲到发展经济引进企业，就是为今后做好招商引资工作吹吹风。

当年建新村部推平乱石岗时，留下了乱石岗北面的小树林。

本来乱石岗上全是重阳木，据传是为瓦埠湖和东淝河打造商船和渡船而栽，后来在"大炼钢铁"时被砍伐殆尽，古木参天的岗地变成了乱石岗。现在小树林中三棵合抱粗的重阳木，应该是当年横遭劫难时幸存下来的小苗苗。后来湖上的商船被陆上的汽车淘汰，河中的木质渡船被铁壳船取代，乱石岗上的重阳木便无人问津，直至长到现在的合抱粗。

三棵重阳木连同小树林，就按照杨老书记的意思被保留了下来，新村部就建在小树林的南面。杨老书记想着，以后财力允许，再依托小树林和当家塘建个公园。

现在，小树林的南侧至茶岗村部之间建成了文体广场，配有篮球场、乡村大舞台，安装了健身器材、太阳能路灯，又结合党员远教项目建设安装了一面四米见方的 LED 显示屏。小树林则建成了生态游园，一直延伸到老村部背后的当家塘，当家塘四周还建上了护栏，靠近广场的一侧建了个亲水平台。游园中建有步道、凉亭、长廊、石凳，种上各种乡土树种，再点缀些小品。在广场西侧移栽了一片小竹林，竹林掩映中是一座造型别致的公共厕所。

新建的茶岗广场深受茶岗人喜爱。

长期以来，茶岗给人的印象就是个骑路集，现在从县道向东拐进广场路后，眼前豁然开朗，心情为之一爽。要是赶上仲春时节重阳木花开，小树林里彩蝶云集、盘旋翻飞，树上树下五彩缤纷，成为茶岗一道别致的风景。尤其是一些外出工作的群众回家乡来，拐到村部门前一看，别有洞天，曾经的乱石岗、臭水沟变身为一片小桃源。每逢有上级领导到茶岗来调研督查,镇里都会安排到广场上看看,时间不允许也要沿广场路车览一番,一个广场大大改变了茶岗的形象。

随着生活条件的改善和生活水平的提高,健身锻炼成了新的追求,偏僻的茶岗也不例外,尤其是广场舞,成了经久不衰的时尚、屹立不倒的潮流。茶岗曾经就只有两条街,没有广场健身锻炼耍不开。沿街散步灰尘多污染大不说,车多还不安全,特别是有几个年轻小伙子,骑上"暴力小绵羊"横冲直撞。就有老罗家的一个老人在街边,被撞得头破血流腿骨折。

现在好了,有了广场,早晨、傍晚,男女老少们出来遛遛脚,跳舞打球、散步拉呱就有了个好去处。村广场刚建成那会儿,大家见到王有根,不是表达谢意就是大肆褒扬。用时下流行的一句话说,广场大大增强了茶岗人民的获得感、幸福感。

"广场建迟了,我们做得不够好,杨老书记早就把蓝图画好了,过去没有条件,现在国家富起来了,理应让大家共享改革开放的成果。"面对大家的点赞,王有根总是谦虚地说,并不忘把吕先业推介出去,"这是村里应该做的,也是吕先业他们几个人努力的结果。有大家的支持和努力,我们茶岗会建设得更加美好。"

这些话传到杨老书记的耳朵里,杨老书记越发地高兴,对这个市里派来的王队长更是刮目相看。当然王有根也收获了满满的成就感,不仅仅是成就感,还有美誉度,王队长的形象威信显著提升,号召力骤然增强。

衰败的茶岗老街也被彻头彻尾地整治了一遍。在编制美丽小镇建设规划时，王有根就专门请来市旅游局的专家，帮助策划茶岗老街的整治，发展乡村旅游。按照修旧如旧的原则整治了老供销社、杨家茶馆、王家面馆等几座老房子，恢复了吕家磨坊、罗家货栈的模样。特别是老街的街面不是简单地用水泥硬化，而是收集原先的石板重新铺装，石板下面重修了下水道。石板受缺损影响不够用，老街住户自家后院里或是廊檐下有石板的，都自发取出，献出来铺到老街上。

整饬后的老街，勾起了老人们的如烟往事，也成为游子们记住乡愁的地方。又有市场嗅觉灵敏的生意人，重回老街借势开店创业，火锅店、老鹅馆、包子铺等先后开门迎客，老街又焕发了生机。

看到再现当年模样的老街、美不胜收的广场，无论是游客游子还是主人客人，都忍不住拍照留影或者拍段视频，有的自拍了还不过瘾，再发到朋友圈里分享。有摄影爱好者创作的《蝶变茶岗老街》《蝶舞重阳木》系列组照被广为转载点击，引起广泛关注，尤其是那幅彩蝶绕飞重阳木的照片更是成了"网红"图片，引得镇内外的婚纱摄影机构闻风而动，纷纷前来取景，为青年男女们定格美好时光、留下甜蜜回忆。

王有根驻村是单位分管领导带着人事科和工会的同志专程送来的，发改委的几位副主任也先后来作过专题调研或者是走访慰问，但一把手只是在路过时顺道来过。为了更多地争取外部资源支持茶岗的脱贫和发展，王有根觉得有必要把一把手请到茶岗来看看，一来看看茶岗的变化，二来指导指导茶岗的工作，关键是为争取新的项目营造氛围作好铺垫。

趁着周末回市里的机会，王有根准备向一把手汇报一下自己的思想和近几个月来的工作，再正式邀请一把手到村指导。

市发改委主任在市直部门中是个十分重要的岗位，一把手自然是日理万机了。向一把手汇报工作，必须简明扼要，王有根便提前打好腹稿。

星期一一大早，王有根首先来到分管领导办公室，汇报来意，说想请领导和一把手方便的时候去村里看看。分管领导说你赶紧去一把手那里，他一会要去市政府参加会议。一把手要开会王有根是知道的，市政府每个周一上午都要召开工作例会，发改委主任自然要列席，所以王有根八点不到就在分管领导办公室门口等着，想在第一时间到分管领导处报到，然后再去一把手那里汇报工作。

"王队长，你来得正好，你不请我去我也准备去村里调研了。"一把手听了王有根的汇报后很高兴，"这回不但我要去，还有市领导要去看望你。"

"市领导看望我，不敢当不敢当。"王有根感到很意外。

"汪市长已经安排了，本周四带几个部门的领导去茶岗调研，市政府办公室今天就要通知茶岗镇。你抓紧回村里准备准备吧，到时候镇里应该会通知你参加座谈会的。"

"谢谢！谢谢！我给委里其他几位领导打个招呼就回村里。"王有根知道一把手很忙，便即时称谢起身离开。

"做好发言准备，有什么需要市领导出面解决的问题，抓住机会在会上当面提出来，你也可以让镇里、村里的同志准备准备。"王有根转身离开的时候，一把手又叮嘱道。

王有根返身回到分管领导办公室，汇报了一把手的指示。分管领导告诉王有根，市里刚下了个包点联系的通知，每个市级领导都安排一个乡镇，联系脱贫攻坚工作。汪市长作为市委常委、常务副市长，分管我们发改委，发改委理所当然就被安排为汪市长包点联系乡镇的责任单位。你驻点的茶岗村是发改委的定点帮扶村，为了方便工作，就将茶岗村所在的茶岗镇确定为汪市长联系的乡镇了。

原来如此。王有根每次回单位都要与各位领导打个招呼，到各个科室和涉农的市直单位去串串门，打探收集信息，看看有没有可以争取的政策、项目。

不做准备就是准备放弃，就是准备失败。这次时间不允许，串门就免了，赶紧回到村里去准备迎接汪市长的调研。但发改委办公室还是要去的，有必要把市里下发的那个包点联系的文件复印一份，带回村里研究研究。

5

接待市委常委、常务副市长蹲点调研，成了茶岗镇当前压倒一切的工作。王有根回到村里时，镇党政办已经通知茶岗村，要求扶贫工作队队长和村书记下午三点到镇政府小会议室开会。估计是安排接待汪市长调研的事，王有根抓紧找出复印的文件来学习，看看都有哪些具体要求。

包点联系乡镇是省委作出的统一要求，每个市领导每年要到包点的乡镇蹲点调研不少于两次，每次不少于两天，走访十户以上的农户，并且要吃住在农家。

下午的会开了接近两个小时，全镇十个村的党支部书记和五个重点贫困村的第一书记、工作队队长悉数参加。根据市政府办公室的通知要求，茶岗镇形成了一份接待汪市长蹲点调研的工作计划。茶岗村作为镇政府驻地村自然是做好这次接待工作的重点，领回的任务是配合镇党政办做好汪市长一行的接待工作。

"王科长，上午有时间的话，请你对我们接待的准备工作把把关，要有什么问题还来得及整改。我们这个小地方，要不是安排扶贫走访，难得有市里的领导来。就是县里的领导来了也就是待几个小时就走，赶到大一点的乡镇去吃饭，我们这里条件确实差了些，接待方面也没有什么经验。"星期四早晨在食堂用早餐时，王有根遇见了高书记。

"把关谈不上，参谋参谋、提提建议还差不多。我的工作服从镇里安排，时间就请书记你定好了。"

应高书记邀请，早餐后，王有根和高书记在党政办主任的陪同下，再仔细梳理了一遍接待的准备工作。梳理完调研路线、座谈会以及晚餐、住宿的安排后，三人又一起去现场查看会议室和餐桌。接着，三人又来到安排住宿的茶岗宾馆。

说是宾馆，其实就只是一个简易的农家旅馆。茶岗经济落后，服务业发展水平不高，餐饮住宿的接待条件相对较差。硬件没有办法改变，那就更需要做好服务，确保细节不出差错。

一切安排妥当，各就各位，静等汪市长一行的到来。

下午三点，汪市长带着市发改委、交通局、农委、扶贫办的负责同志赶到了茶岗镇，先调研镇敬老院建设管理情况，再察看了茶岗文体广场等美丽小镇建设情况，四点钟开始召开座谈会，会后市直机关的陪同人员回市里，汪市长则根据"吃住在农家"的要求留了下来，待第二天走访农户后再赶到省城，参加第二天下午省政府召开的一个会议。根据规定，汪市长蹲点要轻车简从，市县都不得安排陪同人员。但市发改委的一把手因为也要参加第二天省里召开的会，因此就留了下来，这样可以搭汪市长的车就近去省里开会，避免再派车来回跑，还可以趁汪市长走访农户之机到茶岗村去看看，王有根的工作开展得不错，也得去鼓励鼓励。

汪市长的蹲点调研给茶岗镇带来了两大收获。一是汪市长一行看了茶岗文体广场后，对茶岗的美丽小镇建设给予了充分肯定，汪市长现场要求随行的市直单位负责同志按照市委的统一部署，支持好美丽小镇建设，尽快改变乡镇脏乱差的现状，建成一批宜居宜业、彰显特色的美丽小镇。这虽然是针对全市的美丽小镇建设说的，但话是在茶岗镇说的，这样在争取市直单位的支持时，就可以说这是贯彻市委的决策，也是落实汪市长的要求。二是在座谈会上的总结讲话中，汪市长对镇里提出的几点建议一一作了答复，并对王有根的工作提出明确要求："有根同志，作为市直机关派驻茶岗村的党员干部，在做好驻村扶贫工作的同时，也要立足全镇放眼全镇开展工作。镇里提出的农业结构调整、人才培养等几个具体建议，就请你协助我抓好落实，协调中遇到问题可以直接向我汇报，只要符合政策、不违背原则，我们一起研究解决。"这样，镇里工作中遇到需要协调的事情时，就可以名正言顺地找王有根队长帮忙了，甚至可以通过王有根直接请示常务副市长了。

汪市长指示后，王有根感觉自己责任更重了，除了做好扶贫工作队队长、村第一书记的工作外，还要完成汪市长交办的任务。好在镇里需要协调的也没有什么大事，大多是公事公办，无外乎是办快点、倾斜点，在王有根这个层面基本上都能够解决掉，即使解决不了，王有根也可以请单位一把手出面帮忙，根本用不上惊动汪市长。这或许也正是汪市长把镇里提出的几个具体问题交由王有根办理的原因。

当然，被汪市长点了名，也就更有利于王有根开展工作了。比如王有根想开展的农业结构调整工作，就不能局限于一个村。再比如争取来的美丽小镇建设项目，是服务于全镇近四万百姓的。这些都要立足全镇来谋划推进，有了汪市长的指示，王有根办起来名正言顺、师出有名了，就不能算是越位、抢跑了。

随着一批整治和建设项目的实施，改善交通、改造环境在如火如荼地推进。发展村级集体经济也破了题，村里借助光伏扶贫工程建了一座六十千瓦的光伏电站，每年就能增加集体收入六万元。再把修建高速公路留下的两百多亩取土坑作为水面公开发包出去，每年又能收取两万多元的租金。真正难啃的骨头是改变思想，但再难也要去做，王有根清楚，来驻村帮扶就是来解决困难的，今天的帮是为了明天不帮，今天的难是为了明天不难。

改变思想必须一点一滴地做，"随风潜入夜，润物细无声"，久久为功才能由量变到质变。王有根想了很多办法，围绕"走出去"与"请进来"做了很多工作。

首先是要统一村领导班子的思想。王有根想组织一次外出考察，促进村班子解放思想，便专程到镇里汇报了想法，提出带着村里的同志去小岗村、南街村和华西村开开眼界。镇里自然同意，只是提醒一是要确保安全，二是村里要留人值班。

那就分两批去。若分两批，干脆扩大到村民组组长。于是趁着周末安排吕先业和几个人留守，王有根带着第一批先去，一周后再由吕先业带领第二批去参观学习。王有根明确要求，出去考察学习，大家要认真听、仔细看、用心想，回来后开座谈会时，每个人都要就做好村里或村民组的工作谈谈自己的意见建议，村干部每个人还要写一份心得体会。

这趟考察着实拓宽了视野、开阔了思路。在车上就是一路热议，大家异口同声地说出来迟了，早就应该出来开开眼界了。过去县里对村干部也进行过专门的业务培训，但对村民组组长的培训主要还停留在开个会以会代训。村干部培训也主要是学习些理论知识，没有感性认识，体会不深、理解不透，还是现场参观形象生动效果好。回来后，王有根就汤下面，召开座谈会，大家纷纷发言，谈见闻、谈感想、谈思路、谈决心。

光有班子的思想转变还不行，必须扩大范围，向群众延伸。王有根想，群众人数太多，也得重点突破，那就从改变全村经营大户、积极分子的思想着手，再逐步深入。得悉市农委蔬菜办的张主任正在筹办蔬菜种植技术培训班，他于是联系张主任，提出带一些人去旁听。张主任虽然答应了，但要求不能超过十个人，因为预留的座位不多。

张主任和王有根曾一起参加过市委党校的学习班，虽然只有两个月的时间，但由于是封闭学习，吃住都在市委党校，还专程赴省职工疗养院的户外训练基地开展过拓展训练，经过封闭式的学习，相互之间比较熟悉。

既然汪市长交代要立足全镇开展工作，王有根想，不妨报告镇里，请镇里统筹安排，只是十个人的名额太少了点。

趁着到镇食堂吃饭的机会，王有根向分管扶贫工作的副镇长作了汇报。副镇长很高兴，立即让在一边吃饭的扶贫工作站胡站长摸排一下，原则上每个村安排一个人，一定要让最需要学习提升的人去，力求学习效果最大化。这样一分，又怎么向茶岗村交代呢？王有根决定，干脆来个先斩后奏，私下里让茶岗村再去几个人，大不了加座。

再就是"请进来"。午收前的初夏季节，王有根请来市、县农业界的专家为茶岗镇的农业结构调整现场把脉问诊开方。

一行来的有市农科所所长，有种植养殖方面的专家，还有县农委的总农艺师，这都是拜托蔬菜办的张主任出面请来的。先是现场踏勘农业生产条件，再召开由村干部、村民组长、种植大户、致富能手和专合组织代表参加的座谈会。

座谈会就在镇政府大会议室举行，王有根请镇长主持座谈会。镇长推辞说，汪市长都指示过了，你现在不仅仅是驻村工作，还是我们茶岗镇的代言人，专家你都熟悉，你就一手托两家，既代表镇也代表专家组，你主持最合适，说完带头鼓掌。

座谈会就在热烈的掌声中开始了。

先是逐一介绍请来的专家，接着简要介绍了出席座谈会的人员组成情况，然后王有根郑重地说："这几位专家都是科班出身，虽然在市里、县里工作，但都是从基层做起，都在乡镇工作过，长期深入基层联系群众、经常到各地交流考察，有深厚的理论功底、丰富的工作经验、广泛的人脉信息、开阔的眼界思路。特别是县农委的领导十分重视，亲临陪同。镇领导更是高度重视，上午镇党委书记亲自陪同、亲自介绍、全程参与，下午镇长又来与大家一起交流座谈。让我们对各位专家和领导的到来表示热烈的欢迎和衷心的感谢！"

热烈的掌声之后，王有根接着主持："萧伯纳说，你有一个苹果，我有一个苹果，彼此交换，我们仍然是各有一个苹果，但你有一种思想，我有一种思想，彼此交换，我们就都有了两种思想，甚至更多。今天机会难得，又是座谈，因此大家要畅谈，畅所欲言，但也不要漫谈。同志们围绕农业结构调整的主题，有什么想法、建议要毫无保留地讲出来，有什么问题、要求，要毫不顾忌地提出来。我想通过今天的交流沟通、思想碰撞，一定能开阔我们的视野，为我们茶岗梳理出农业结构调整的方向、目标、思路、措施。"

镇长也发表了诸如"感谢各位专家百忙之中，送智慧、送服务到茶岗来，帮助我们做好扶贫开发工作"之类热情洋溢的讲话。

专家一番话，胜读十年书。会上，专家们带来了前沿的观点、新鲜的经验、实用的信息，让与会者大开眼界。茶岗位置偏远，人少地多，人均三亩耕地，普遍是一稻一麦，收益相对可观。但这种传统的种植模式，效益太低。况且，目前种地的多是五〇后和六〇后，这批人有着深厚的土地情节，再加上文化程度相对较低，外出务工收入不高，坚持种地是不二选择。但随着这批人的年龄增大，七〇后不愿种地、八〇后不会种地、九〇后不谈种地，再等十年就将面临无人耕种的危机。现在就要着手调整规模结构和粮经结构，提高效率增加效益，增强农业的吸引力，三五年后就能见成效，到时候就能从容地面对地"谁来种"的危机、应对粮价下行的危机，就能避免今天脱贫明天又返贫。

张主任一行给出了一系列中肯的建议，提供了一些宝贵的信息，还专门提醒在农业结构调整中要做好防范和应对市场风险、技术风险、气候风险和资金风险工作。

茶岗有岗地也有湖区洼地，又靠近省城，是发展现代农业的好地方。岗地上可以种水果、建苗圃，洼地可以发展水产养殖，可以发展"渔光互补"，上面太阳能发电，下面养鱼养虾。

隔行如隔山。王有根边听边想，请张主任邀请专家是请对了，但请他们来一讲了之还不行，有机会还要请他们来讲。先做学生，然后再做先生。除了请他们来讲课，自己有必要抽时间去专门请教，先补补课扫扫盲，自己就算成不了专家，至少也要成个行家，这样才能更好地开展工作，更快地推进茶岗的结构调整。

座谈会气氛热烈，从两点半一直开到五点半还谈兴正浓，没有半点要结束的意思。三个多小时，大家听得津津有味、谈得津津乐道。王有根看时间不早了，只好恋恋不舍地说："结构调整不是一蹴而就的事，不可能立竿见影，不是一日之功，要久久为功。因为各位专家晚上还要赶回市里，今天算是上半场，下次再请专家们来接着谈。我相信在专家们的指导下，在市、县农委的关心下，在镇党委、政府的领导下，在干部群众的共同努力下，茶岗的粮经结构和种养结构调整一定会扎根生苗、开花结果，造福百姓。"

聚精会神地低头拉车固然重要，但抬头看路必不可少。不抬头看路就有可能误入歧途，甚至是南辕北辙。专家们带来的新理念、新思路在茶岗上下引起强烈的反响。这次座谈会就茶岗的农业发展方向初步形成了调结构、扩规模，提品质、创品牌的思路。发展措施上，形成了"两上两下一带动"的共识，即将土地流转价格降下来、土地流转规模提上去，农业面源污染降下来、农产品品质提上去，种植养殖大户示范带动。

改变思想仅靠干部、骨干还不行，还要面对广大农民群众做文章，尤其是一些贫困户，迫切需要转变思想观念、树立脱贫信心，做到扶贫与扶志相结合。虽然有专门针对贫困户开展的农业技能培训，但从培训的实际效果看，作用并不明显。因为农业技能培训是经过招标，由专业的培训机构来实施的，但培训机构只把培训工作当作任务来完成，热衷于培训了多少人多少学时，培训内容是按照招标文件的要求进行的，针对性、灵活性、适用性不强。思想是力量的源泉，是行动的先导。其实很多贫困户首先要解决的是思想观念问题，其次才是劳动技能问题，如果不解决思想观念问题，即使有了劳动技能也没有用武之地。

但做广大群众的思想工作也好，开展农业技能培训也罢，必须有适合的平台、适用的形式、适当的方法，王有根一时也没有想透该怎么办。

座谈会上，金土地合作社领头人罗怀志有感而发所讲的一番心里话，倒让王有根深受启发。

罗怀志是茶岗镇小有名气的能人，他初中毕业那年赶上出麻疹，关键的时候耽误了大半个月，没有考上高中。如果补习的话要作为历届生参加中考，录取分数线要高出一大截，因此他就放弃了学业。但他心有不甘，决心就是回乡种地也要种出个名堂来。他对着书本自己琢磨，在茶岗第一个用上沼气，第一个科学养猪，第一个买回插秧机。用罗怀志自己的话说，因为心有不甘，所以四处寻找也倍加珍惜各种学习的机会。正是当年一次偶然的机会，他报名参加了省广播电台农村节目组举办的一次听友联谊会，改变了自己的人生轨迹。

那是三十年前的事了，实行家庭联产承包责任制后不久，农村经济发展形势大好，一度出现农民卖粮难的问题。罗怀志在一次省广播电台的农业科技节目中，听到一则举办听友联谊会的启事：邀请广大农民朋友报名参加省广播电台农村节目组举办的听友联谊会，届时将请省农科院、省农学院的专家教授与大家座谈交流。

抱着试试看的心态，罗怀志花八分钱买张邮票，写了一封报名参加联谊会的信，没有想到两个礼拜后真的收到了邀请函。

怀揣十来块钱和科学种田、发家致富的梦想，罗怀志按照邀请函上的时间、地址，来到省农科院招待所报到。在那里，罗怀志开阔了眼界，认识了农技专家，领回了一大摞农业技术方面的杂志、书籍。按照旁观者的说法，自从参加听友联谊会之后，罗怀志是越发地"不安分"起来。省城之行让罗怀志打开了梦想之窗，他如饥似渴地从书本中汲取营养，以率先吃螃蟹的勇气摸索着开始了自己的创业创新之旅，于是便有了茶岗镇的多个第一。在瞄准人工成本不断增长、农机必将普及的方向后，罗怀志买回了插秧机，在插秧机厂家技术员的指导下，开展机插试验，后来又联合几个跃跃欲试的追随者，成立了金土地农机专业合作社，购置旋耕机、收割机、施肥机、喷药机等机械，为广大农户开展代耕代插代管代收服务，解决了缺少劳动力家庭的耕种之虞，解除了外出务工人员的后顾之忧，自己也从农机服务中率先致富奔小康。当然，随着年龄的增长，加上知识和眼界的局限，在遇到资金和人才的瓶颈后，金土地合作社就止步不前了，与同时期全国各地成长起来的改革先锋和创业模范相比，罗怀志只能算"小打小闹"。

刚开始，大家都认为罗怀志不安分，是瞎捣鼓，后来事实证明罗怀志不是瞎捣鼓，而是在带着大家推广先进技术、学习先进理念，进而吸引了一批人创办了农机合作社，为茶岗的农业发展闯出了一片天地。

在王有根看来，虽然罗怀志创业成功后没有更进一步令人遗憾，但他的学习精神、敢闯敢试的勇气，正是当下茶岗农民缺少的东西，值得大书特书、大讲特讲、大宣特宣。解放思想，黄金万两。罗怀志从报名参加听友联谊会开始，拓宽了眼界、打开了思路，成就了一番事业，足见开展教育培训、培育新型农民有多重要。

榜样的力量是无穷的。罗怀志大家都熟悉，他创业的故事茶岗人也都有所耳闻。如果能通过有效的方式，把罗怀志的示范带动作用发挥出来，在茶岗培养出一批罗怀志来，那茶岗的面貌必将焕然一新。有了成百上千个罗怀志，茶岗的结构调整自然就有了领头人，经济发展自然就有了无穷的后劲。如果这批罗怀志中再出现几个青出于蓝胜于蓝的人物来，那岂不是"茶岗子弟多才俊，带动几多未可知"？

搞互动式的培训，请罗怀志现身说法是个思路，但首先要能吸引人，白天肯定不行，大家都忙，要不办个夜校？

对，还是办个夜校好。现在每天晚上，只要不是刮风下雨，群众都会到广场上来散步、跳舞，要是能够把大家的注意力吸引一部分到学习上来就好了。办夜校是好，但师资是个问题，仅有一个罗怀志远远不够，蔬菜办的张主任也只能偶尔请他来讲一次。王有根在心里琢磨来琢磨去，觉得办夜校时机还不成熟，自己还没有想好不说，目前精力也顾不上。干事创业得成熟一件干一件，那样才能干一件成一件，否则什么都想抓，最后有可能什么都不得不放手。

好事多磨，办夜校的事就暂时放了下来。

6

"三改"进展顺利，初见成效，但偏僻的茶岗，想引进项目、引入人才、引来企业确实很困难。王有根和吕先业把从茶岗走出去的各类成功人士逐个摸排、造册建档，想从外出创业有成的"先富"们中找到突破口，引不来外地人才，就请本地外出人才"凤还巢"，找不到"海归"找"城归"。偏僻的茶岗村，几千人中走出去的成功人士，不外乎通过上学外出工作、通过创业在外置业的，摸排下来小有成就或者是有个体面工作的也就那么几个。"蜀中无大将"，杨凡平便成了"引进人才"的对象之一。

杨凡平是老杨家出的人才。

老杨家是茶岗集上的第一大户，也是茶岗起集的肇始者。杨家祠堂前有口老井，令人称奇的是，虽地处岗地但井水四季不枯，而且清澈甘洌，泡茶尤为可口。老杨家从搭庵卖茶到开茶馆，全靠这口井发的家。

当年杨老太公搭庵卖茶，因嫌从岗下担水既费工夫又费力气，于是琢磨着要是能打口井就好了。周边四乡八里几拨打井的师傅们都被请来看过，没有愿意接手在这岗头上打井的活。后来有个路过的茶客听说了这件事后，从包袱里拿出个罗盘左看右看一番，站在杨家茶馆左侧的一棵大树边夸下海口，说从这地方打井一定可以打出水来。

于是杨老太公请罗盘客住下来现场指挥打井。刚开始进展顺利，后来越挖越硬越挖越难挖，当挖到丈余深时，几个伙计累得都不想干了，抱怨再挖下去也是没有水，已经遇到坚硬的石头了。罗盘客坚持说下面有水，只管往下挖。杨老太公也没有了招，下去看了看决定赌一次，再挖三尺，工钱翻倍，还不出水就算挖了菜窖。没想到几个工匠在坚硬的砂岩上又忙活了两天，就在快挖到三尺时真的出水了。在庆功宴上，罗盘客道出了实情，看那棵树长得又粗又壮与众不同，就敢断定下面有水。

自从有了这口井，卖茶的生意越发地红火起来，接着便在岗上建房落户，老杨家就此发迹。也不知道是这井水的缘故还是因为喝茶的习惯，老杨家一直人丁兴旺，从而奠定了茶岗集第一大户的地位，杨家后代还在井边建了杨家祠堂。茶岗鼎盛时期，老街上杨家人开的茶馆就有三家，用的也都是这口井的水。

但到了杨凡齐这一辈，风水变了。

杨凡齐兄弟三人，二弟杨凡治，小弟杨凡平，是当初搭庵卖茶的杨老太公长子长孙长房家的后代。兄弟三人的名字是读了几年私塾的爷爷取的，想让三个孙子去完成自己"齐家治国平天下"的理想。

现实却很骨感。杨凡齐倒是很接地气，喜欢在附近的沟塘湖里逮鱼抓虾，无师自通，加上多年的揣摩，越发炉火纯青，练就了一手远近闻名的秘技，什么地有鱼有鳝有虾，只需要瞥一眼。当年大女儿出生后妻子的奶水不足，老人们提醒可以多吃些鱼尤其是鲫鱼可发奶，杨凡齐自此开始了抓鱼逮虾的营生。

忠厚老实的二弟杨凡治继承了茶馆的祖业。随着水运的没落，茶岗的流动人口日渐稀少，茶馆也就只剩下杨凡治的一家了。纵然只剩下一家茶馆，生意也冷淡得入不敷出，杨凡治只好跟风赶潮流，将茶馆迁到了新街。

迁到新街也不顶用，也难怪，到了改革开放后，时间越来越金贵，年轻人喝茶的越来越少，茶馆的生意一日不如一日。现在杨凡治的茶馆早已经名存实亡了，变成主营日杂兼营茶叶茶具的商店，说是茶馆其实只是因为叫顺了口而已。不过还是有一批老人，泡茶馆已经成了他们生活的一部分，他们就是喜欢到茶馆里拉呱打发时光。杨凡治便在店堂里保留了两张八仙桌，每天再泡壶茶陪老爷子们谈天说地，借着茶馆的招牌稳住了一批顾客。老茶客们也借此找到了泡茶馆的感觉，顺便给杨家小店赚赚人气拉拉客。

自从茶馆难以为继，加上镇上建了自来水厂后，到老井取水的逐渐减少。井淘三遍吃好水。取水的人少了水质就下降了，老井也就渐渐地荒废了。现在那口老井在老街整治时，作为一个小景点发掘出来，井上建了座亭子。看着新落成的亭子，王有根说，柱子上要是能再配副楹联就更好了。吕先业提议去镇文化站请老徐站长帮忙，于是徐站长和王有根一起，结合茶岗的起源琢磨出一副对联来：

两头是路，吃一盏半壶解解渴，歇歇脚各奔东西；

八方来客，坐片刻须史叙叙话，散散心何分你我。

可惜的是井边的那棵古树也成了"大炼钢铁"的炉中火了。大家便商议着从湖边搬迁的老村庄里物色一棵大树移栽过来，再在树下竖块石碑，镌刻上老井的来历和茶岗的前世今生，与古色古香的老街浑然一体、相得益彰，老井再次成为茶岗招徕客人的角色。

小弟杨凡平不但人长得帅，学习成绩也很好，考上了省城的农业大学，但他后来的发展也只能算是与爷爷的理想靠得更近一些罢了。

倒是杨凡齐的小女儿杨燕不负众望，终于给老爷爷有了个交代。可能是杨凡齐徜徉在他的鱼虾王国中，促成他无心插柳柳成荫。自大女儿出生后，长期以来杨凡齐家的餐桌上不离鱼虾，客观上形成了补脑补钙从娃娃抓起的事实，杨燕打小学习成绩便一路领跑，一直跑进了上海的一所名校，又保送了研究生，听说正准备读博。

杨凡平就是被王有根说动了心回到茶岗发展蔬菜产业的。

那是2015年的深秋，杨凡平得知大嫂到上海做手术便立即赶过去，和大哥一起陪大嫂直到出院回家。杨凡平的父亲走了后，母亲就和大哥大嫂一起生活，杨凡平每次回家也都是住在大哥家，同大哥大嫂也就更亲近些，所以这次回家就多住了两天，难得有机会陪陪母亲陪陪大病一场的大嫂。听说杨凡齐家的情况后，王有根和吕先业一起去走访，又把杨凡齐家列为新发生的贫困户，通过办理大病救助开展有针对性的帮扶。

走访时，王有根遇见了回乡小住的杨凡平。杨凡平是知道王有根的，都是茶岗初中走出来的大学生，又先后上了县一中。那年头能上大学的机会不多，一经考上就成了周边村庄的名人，成了曾经就读的小学初中高中标榜的资本和学弟学妹们学习的榜样。只不过王有根比杨凡平早几届，所以他不知道杨凡平。

有了校友这层关系，两人见面后分外亲切，交流起来便少了障碍。从茶岗初中叙到了县一中，从一中的昨天叙到今天，再叙到"三改三引"的发展大计，叙到蔬菜产业。

杨凡平由衷地赞同王队长的工作思路、赞许师兄爱家爱乡的赤子之情。当王有根建议杨凡平回来指导家乡的群众发展蔬菜产业、带领乡亲们脱贫致富时，杨凡平欣然同意。

当年，杨凡平从边远贫困的茶岗走进省城的高等学府，坐在偌大的图书馆中，躺在四人间的公寓里，有种受宠若惊的感觉，甚至有些飘飘然。不到第一学期结束，初中高中时拼命苦学的劲头就松懈了大半，接下来更是荡然无存，在别人争着拿奖学金、忙着准备考研的时候，他与高菲一起把大块大块的时间交给了花前月下。

杨凡平与高菲同届同系但不同班，两人是在农大文学社里认识的。杨凡平高中时学的是理科，却喜欢诗歌，尤其是古诗词；高菲也喜欢诗歌，只不过喜欢的是新诗。进入农大后，两人都报名参加了文学社。文学社经常会组织些诸如讲座、采风、征文之类的活动，一有活动便通知新入社的大一新生去帮忙。一来二去，帅气的杨凡平和清秀的高菲，彼此都给对方留下了良好的印象。

在元旦到来之际，文学社开展了一次迎新年征文活动。杨凡平便将自己填的一首《一剪梅·香港回归》交到了文学社，后来荣获诗词类一等奖，并在社刊上发表。词曰：

鸦片烽火紫荆残，

三中全会，

雄鸡再唱。

十八年改革开放，

一国两制，

明珠在望。

何妨驾鹤去看看，

太平山下，

春满香江。

闽厦举杖宝岛望，

舟来楫往，

海峡两岸。

这首词引起了高菲的兴趣。虽然平日里写的是现代诗，但她也喜欢读宋词元曲，没想到杨凡平居然能填词作赋。看到词后，有几处唯恐理解得不准确，高菲便让杨凡平给她讲解讲解。

杨凡平介绍，这是拟一代伟人邓小平的口气填的。1997 年的 6 月，香港回归前夕，联想到邓小平先生曾提出"要到回归后的香港，自己的土地上走一走看一看"，遗憾的是心愿未了伟人先逝，但又何妨驾鹤去看看。于是，他设想邓公在天之灵高兴地看了回归后的香港，再来到福建厦门，看到的是海峡两岸已经"三通"，正在不断扩大交流。

高菲听了后，心里大加赞赏：写得好！有高度！有气势！自此对杨凡平愈发地另眼相看。两人从一见如故，渐渐地发展到相见恨晚。

高菲是家里的独生女，来自长江边上的和县。和县人把毗邻南京和马鞍山的地理优势发挥得淋漓尽致，发展成号称"北有寿光、南有和县"的蔬菜大县。种蔬菜的收入自然要比种稻麦要高得多，但也忙得多，一年种几季，翻、栽、管、收、卖，活虽不重，但费工夫。高菲打小就和父母在蔬菜大棚里摸爬滚打，高考时遵从父母之命，填报了省农业大学农学专业，准备不仅要"女承父业"，而且要拓展父业。她进入大学后，有了耳濡目染的基础，很多课程一点就通，甚至有几次还在课堂上纠正了老师的观点。也难怪，老师是从校门到校门，从课本到课本，毕竟理论与实践还是有距离的。正因为如此，高菲与杨凡平在花前月下厮磨，也没有耽误学习。

杨凡平则不同，虽然也出生在农村，但他专心学习，农田里的那些事，只是在农忙时节搭把手、帮个忙，不能说是一窍不通，最多也只能是知道个皮毛，因此不少课程都在挂科的边缘。

快乐的时光总是短暂的。四年的大学生活快要溜走的时候，杨凡平急了。平日里，他对同学们考级考证考第二专业视而不见不以为然，现在到了收获的季节，看着同学们考研的考研、考公务员的考公务员、应聘的应聘，一个个都有了着落，唯独自己自从遇到高菲便一发不可收拾。三年多来的课余时间，他一门心思围着高菲这个太阳转，甚至都忘记了自转。就连自己填词作诗的爱好，也由曾经的有感而发变成了现在的"为赋新词强说愁"，为讨高菲欢心一味地无病呻吟、装腔作势。暑假里杨凡平就填过词曲寄给远在长江岸边的高菲，倾诉相思之苦，如《一半儿》，曲曰：

茶岗闹市静满楼，

老街园景早看够，

不速故人梦里游。

骂你个冤家，

一半儿添喜一半儿愁。

这也怨不得高菲。想当日她是提醒过自己的，甚至提出来陪自己去阶梯教室看书。当年农大为了鼓励支持学子们考级、考证、考研，将几个阶梯教室实行二十四小时全天候开放，供大家自学自习。偌大的阶梯教室座无虚席，虽然是几百个人济济一堂，里面却鸦雀无声。蓬生麻中，不扶自直。真要是去那种环境下看书，效果自然不会差。

高菲是提醒过，但也仅仅是一提了之，既没有严格要求盯住不放，也没有以身作则带头行动。提醒之余，她对杨凡平的约会还是有求必应，有时更是主动约杨凡平去看电影去跳舞，或者去爬山逛公园。校园的角角落落、省城的山山水水，都留下了他们的足迹、他们的身影。

就算是高菲没有主动提醒，那你杨凡平也不能怨天尤人，自己的事情只能靠自己。事实上杨凡平也曾动过心，尤其是有一次因一点小误会与高菲闹别扭之后，静下心来的杨凡平想起初中高中时的拼劲，想起爷爷的期望，想着"再也不能这样过"。想着想着，杨凡平的梦便长了翅膀越飞越高越飞越远，在心里面信誓旦旦地要去考华中农大的研究生。

恋人之间的小误会不是致命的敌我矛盾，甚至连人民内部矛盾都算不上，只不过是水面的涟漪、剧中的插曲而已，不出一两天便烟消云散重归于好，甚至是闹闹更健康，闹过之后越发地如胶似漆，还相互埋怨因为闹别扭耽误了原计划的爬山或者是逛街，发誓再也不闹了，不仅不闹了，而且还要把耽搁的时间、延误的约会等损失，加倍地夺回来。

重回温柔乡之后，杨凡平的信誓旦旦很快就被抛到了脑后。一时兴起的心动，仅仅是心动，并没有动心，更没有行动，去华中农大上研究生便成了遥不可及的梦。

美梦虽好，就怕梦醒。受不了梦醒之痛，不如无梦。自己的高飞梦，就不如高菲的无梦。高菲压根就没想过考级、考证、考研，只是想着学了专业课回家接手做大父母的产业，让那些个私下里笑话高家绝后的乡邻谁能再说"女子不如男"。

事如春梦了无痕。想起来可笑，杨凡平怀揣着爷爷的梦想来到农大，遇到的竟然是个无梦的高菲，自己的梦便有始无终，真的成了一场梦。

梦醒时分的杨凡平，静静地躺在公寓的床上。偌大的公寓楼，一改往日的喧闹。即将毕业的骄子们，考研通过的回家去了，找好单位的实习去了，转战招聘会的外出去了，只剩下杨凡平等三五个人前不着村后不着店地漂在公寓里。

杨凡平刚开始也跑过不少招聘会，简历送出去不少，就是没有回音。杨凡平自知自己的硬件配置低，唯一的爱好是填词作诗，用人单位对这个特长是不感兴趣的，索性就不去白花路费了。平时公寓里待得少，有空就围着高菲转，回来只不过是睡觉。几乎每次回到公寓时，室友们不是已经进入梦乡，就是准备进入梦乡，杨凡平因此练就了蹑手蹑脚洗漱的功夫。现在好了，四个人住的公寓，由过去的时常三缺一变成了现在的天天一缺三，再也不用轻手轻脚了，就是毛手毛脚粗手粗脚也没有人来指手画脚了。

这阵子杨凡平的心情糟透了，高校不包分配后毕业生都得到人才市场上去"双向选择"，在经济崛起风起云涌的年代，经济管理等热门专业就业形势一片大好，农学专业只能是"从哪里来回哪里去"了。回到家乡那个江淮分水岭上的贫困小县待分配，那可是条死胡同，听说有毕业回乡好几年的，至今还有人在排队待分配。为眼前的出路所困，一筹莫展的杨凡平无精打采地宅在公寓里，有时候连饭都懒得去食堂吃，饿了就泡袋方便面，甚至都想不起来还要围着"太阳"转了。

高菲一下子也适应不了没有杨凡平的呵前护后，几日不见杨凡平来找自己，顾不上矜持，便去男生公寓找杨凡平。

杨凡平的公寓高菲来过几次，不过那都是应邀而来，不请自来这还是头一次。本来是准备兴师问罪的，杨凡平一拉开门，没等高菲张口，身不由己地抱住高菲这个公转了三年多的"太阳"，然后还莫名其妙抽泣起来，要不是顾及脸面，说不准还会大哭一场。

一见这阵势，高菲便没了主意、乱了阵脚，瞬间就背叛了自己，想好的台词全改了，兴师问罪变成了嘘寒问暖。

"怎么办？"

"去和县吧，和县农村是个广阔的天地，在那里是可以大有作为的！"高菲轻轻地推开杨凡平，学着伟人的样子，挥开右手说道。

让杨凡平与自己一起回和县的念头在高菲的心里盘桓已久，自己父母那里说了自然是高兴还来不及，只是杨凡平这边一直没有合适的机会说出来，贸然说出来怕伤了他的自尊。能不能说出来、什么时候说、要不要自己先说，高菲一直拿不准主意，几次欲言又止。现在，这个念头就像蛋壳中孵满二十一天的小鸡，破壳而出，抖擞着站在啄得粉碎的蛋壳碎片上，出水芙蓉般地闪亮登场。

这条路，杨凡平不是没有想过，只是怕爷爷死不瞑目。不能平天下就算了，哪能去倒插门，岂不是偷鸡不着蚀把米？

杨家的这把米看来是蚀定了。

蚀了米的杨家人认为高菲颇有心机，怀疑表面上是杨凡平追的高菲，实际上是高菲挖下甜蜜的陷阱，捕获了杨家帅小伙。这也为多年后杨凡平离开和县与高菲分手埋下了种子。

种子一经埋下，只等适宜的温度、适量的水分和适可的氧气，便可生根发芽了。

刚开始确实是杨凡平下功夫追的高菲。杨凡平初中高中时是埋头苦读，到了大学里忽然开了窍。青春的躁动因为来得迟了点，孕育得久了些，所以念头更浓、劲头更足、势头更猛，一露头便不可控制。这份迟来的情愫，如同决堤的洪水一般横冲直撞，情窦初开的杨凡平一经卷入，便只有随波逐流的分了。情不自已的杨凡平，一门心思要在高菲的追求者中胜出，于是挖空心思变着花样去讨高菲的欢心。

杨凡平填词作赋的特长爱好也成了追求高菲的独门绝技，他曾经就专门拟高菲的口气填过一首词。

淡黄柳·思乡

荷塘楼围，

归燕新巢垒。

斜风细雨钓钩垂。

依稀学堂书声脆，

不见顽童嬉牛背。

扶轻犁，
甩鞭唱黄梅。
都是梦里光景，
穷达升沉功名累。
江南久违，
已过三月，
应是水盈绿堤。

这是以高菲的家乡和县农村为背景填的词。杨凡平虽然还没有去过和县，但听高菲描述过她的家乡，知道她家在长江北岸堤下，有着江南水乡的韵味。长江中下游两岸流行传唱黄梅戏，高菲就能唱上几段，作为外行的杨凡平自然听不出什么门道来，只是似懂非懂地感觉到真有那么一点地地道道的韵味。

当时追高菲的男生，不算暗恋的就有四五个。那年月，还没有"高富帅"一说，流行的说法是"帅"和"酷"。在单纯的高校里，萌发得更多的是纯真的爱情，不管是出身农村还是来自城市，也没有多大差别，进了大学的门，大家就站在同一个起点上。况且高菲的人生目标是回和县女承父业，因此选择男友的标准也就与众不同。高菲见杨凡平变着花样紧追不放，尤其是看到那些为自己而作的诗词后，心花怒放喜不自胜，便对这个帅小伙另眼相看。杨凡平虽然来自穷乡僻壤，但文学素养很高，与自己有着共同的爱好，可谓是高山流水遇知音。在得知杨凡平家中是兄弟三人后，高菲便认为将来杨凡平更有可能到和县倒插门，助自己女承父业，为高家续添香火，于是便坚定地将绣球抛给了杨凡平。

当年高校里是不允许谈恋爱的，不像现在，甚至可以休学结婚生孩子。虽然学校和系里面是大会小会地强调，学生处更是组织校卫队每天晚自习后打着手电在校园里巡逻，但处在青春期的青年学子们，越是禁止的越是好奇。学校大会小会的强调，身边案例的示范，有的同学本来是在专心做学问，但持续的心理暗示和四处可见的视觉冲击，爱情的种子也不由自主地萌芽了。种子的力量是伟大的，一经萌芽便会生出苗来扎下根去。

辅导员们也都苦口婆心地劝说，大学期间谈恋爱只能开花不能结果，将来是要各奔东西的，倒不如抓好学习打好基础，书中自有颜如玉！这样的话，情不自禁的杨凡平自然是听不进去了。高菲则不以为然，心里琢磨着，我们才不各奔东西，我们要双栖双飞，毕业了就把杨凡平带回和县。

出来混迟早要还的。三年多的偷懒偷欢酿下的苦酒，现在到了咽下去的时候。杨凡平真的被高菲带回和县倒插门了。这对于杨凡平来说虽心有不甘，但也是别无选择或者说是最好的选择了。

但杨家蚀把米的这条新闻在茶岗街上没热议几天，就淡出了人们的话题。这不仅是因为杨凡平离家上高中上大学已经七年，现在又身在和县，大家难得一见，更重要的是因为茶岗有了更大的新闻让大家津津乐道。

吕先富带回来一个大姑娘！

7

带回个大姑娘并不新鲜，新鲜的是带回来了夏小惠。

当然，这些也都是王有根在走访的时候听说的，包括吕先富的辍学史、先富史、罗曼史。

夏小惠说不上是倾国倾城，但绝对是天生丽质，在茶岗不排第一也是并列第一。况且，她是从县城来到偏远的镇上，来到曾经一穷二白的吕先富家。

吕先富何许人也？

说来话长。

那就长话短说。

先富家底子薄，出生时正赶上号召"让一部分人先富起来"，只上了小学二年级的父亲便给儿子取了个"先富"的名字。先富上高三的时候，父亲生了一场大病，拖了大半年后便撒手人寰了。父亲的这场病让先富家雪上加霜，留给先富的遗产除了三间破屋、一屁股债外，就是"先富"这个良好祝愿了。

穷则思变。先富的书是没有办法读下去了，虽然再挨几个月就能高中毕业了，但挨到毕业又能怎么样？就是参加高考考上了大学，母亲一个人还要还债，那是没有办法供自己上大学的。况且，依先富的成绩，估计也只能考个三本院校，那三本学校的学费更是贵得吓人。班主任的挽留，也只能让先富在心存感激之余，平添几分伤感。顾不上参加高考，先富便跟着一个做包工头的远房亲戚外出谋生。

穷人的孩子早当家。先富机灵勤快、办事靠谱，深得包工头夫妇喜爱。包工头有两个儿子，但由于忙着挣钱，在孩子的教育上功夫下得不够，虽然钱没有少花，正因为钱由着花，导致兄弟二人一个是一身的匪气，一个是浑身的痞气，成才自然是无望了。看着能处人会办事的吕先富，包工头夫妇感慨万千，可惜的是自己只有两个不争气的儿子，要是有个女儿，非要收了先富做女婿不可。甚至一次酒后，包工头提出要认先富做干儿子，先富既没有点头也没有摇头，忙着给包工头泡茶解酒去了。先富是不想点头的，但又不能摇头，只有默不作声。这沉默自然有沉默的好处，可进可退，既可以算是默认，也可以算作否认。虽然没有响应，但先富与包工头家的关系则更近了一些。几年后，在包工头的帮助下，先富七拼八凑买了辆二手货车跑运输。

没想到吕先富真的就此"先富"起来。

吕先富是茶岗集上买货车跑运输的带头人，在先富"先富"

的示范带动下，先后又有几个乡邻加入到跑车的队伍中来。因此，王有根和吕先业在摸排茶岗成功人士时，吕先富便位居运输服务业的头把交椅。

要不是豆腐的缘故，夏小惠也认不得"乡下人"吕先富，更不会从县城嫁到这个偏远小镇上来。

夏小惠所在的县城，两千多年前曾经做过诸侯国的都城，住在县城里的人，历来都把自己当作贵族的后裔，自视是"城里人"，把县城外面的人都看作是平民，称他们为"乡下人"。虽然夏小惠家只不过是在县城南门口的清风巷里，以做豆腐为生，但毕竟是"城里人"。

先富买车跑运输，正赶上风靡一时的城镇扩张运动，就算地处江淮分水岭落后的安丰县城也不例外，在老城外建起了新区，以应对不断扩大的进城人流，疏解日益拥挤的老城。建新城造就了一批大大小小的"先富们"，先富遂成为先富群体中的一员，尽管是很小的一员。

先富成年累月地拉沙子拉石子，有时也跑皖南的水泥厂拉水泥。不到两年，二手货车换成了崭新的"后八轮"。

先富和几个跑车的伙计，就租住在夏小惠家隔壁的四合院里。先富手勤快人本分，不抽烟不酗酒，没事的时候要么是睡觉，要么是看看《李叔同说人》《左手南怀瑾右手季羡林》之类谈人生谈生活的书。平常亲戚邻居要用车，或者是捎带件东西，能方便的他尽量方便人家，因此在家在外都落了个好人缘。

其他几个伙计经常出去下馆子或者凑在大排档喝酒，先富更多的是自己一个人买菜做饭。不知什么时候开始，先富爱到夏小惠家买块豆腐，或者是几块豆干。

先富不愿出去吃饭，倒不是怕花钱，换成"后八轮"后吃饭花的那点小钱已经不算是钱了，主要因为打小就喜欢吃炒饭。从上小学时，母亲习惯炒碗饭让自己先吃了早早去上学。母亲有时会打个鸡蛋，碰巧了会加上几块肉丁或几片香肠，更多的是配上韭菜或者胡萝卜丁或者雪里蕻，甚至还配过菱角茎、虾仁，或者干脆就放点葱蒜，不管怎么炒，先富都觉得十分好吃。

住到县城后，先富也到街上的几家小饭馆去吃过炒饭，但觉得都没有母亲炒出来的香。街上的炒饭，不外乎放上荤油、鸡蛋和葱，大火炒，三下五去二炒出锅，既没有什么花样，炒的功夫也不足。后来，先富干脆买回锅碗盆灶，按照记忆中母亲的炒法，自己动手，一解口馋，久而久之，居然练出了一手炒饭的绝活，甚至超过了母亲，尤其是配上夏家的白豆干或者卤香干切成的丁，味道别具一格。

先富炒饭，自然与母亲不同，母亲是匆匆炒好饭还要去忙别的事。与小饭馆相比更是天壤之别，小饭馆只是程序化操作，草草炒好了事。先富跑车回来，除掉洗衣做饭外，就没有什么别的事情，有的是时间，仔细地备料、精心地翻炒，回味着母亲炒饭的细节、儿时狼吞虎咽的模样，享受着炒的过程、炒的乐趣，这样带着感情炒出来的饭自然更香更有味。有一次，刚好有一个伙计跑车回来，准备喊先富出去吃饭，正碰上先富的豆干炒饭出锅，色香俱全，先富请他尝尝。没想到这一尝，便让先富的手艺"露了富"，不仅几个伙计都知道了，隔墙有耳，连隔壁的夏家都听说了。

"小伙子回来啦。"有一次先富去皖南拉水泥，捎了些山货回来，拐进巷子时，夏小惠的父亲正站在门口，远远地见了就同先富打招呼。

"去宁国拉水泥，带了点笋干、板栗、山核桃。"先富没有去开自己的院门，径直走到夏小惠父亲跟前停下来，"就是带点给大家尝尝的，也给夏叔叔准备了一份。"

"那多不好意思。"

"远亲不如近邻。平时，我们外出了，这家也都是你们照看着的，我们几个要么半夜回来，要么喝了酒吵吵嚷嚷的，没少打扰你们。"先富边说边从手中的袋子里取出一份事先分好的山货递过去。

"没有，没有，我们每天做豆腐都忙到半夜，肯定影响你们休息了。"夏小惠的父亲自然是一番推让。

"谢谢，我就喜欢吃板栗。"推让间，坐在院中廊檐下看书的夏小惠，跑过来伸手接了过去。

"看的什么好书？借我看看？"吕先富瞥见夏小惠手上拿的《季羡林谈修身养性》，心想夏家的这个宝贝女儿就是与众不同，喜欢看书，不是那种"手不离机眼不离屏"的低头族，而且和自己看的还是一类书。

"借书可以，你得请我吃炒饭。"夏小惠未置可否，径直换了个话题，算是默认了，"听说你用豆干炒的饭特别好吃，还没有听说用豆干炒饭的，有时间见识见识。"

"这主要是因为你们家的豆干做得好。"吕先富谦虚地说。

"那是自然，我们家做的是锅烧豆腐，传统做法，豆干自然更香，特别是薄豆干，全县仅此一家，别无二店。"夏小惠的父亲听吕先富夸他做的豆干好，眉飞色舞喜不自胜地说道。

就这样，一来二去，夏家上下便对吕先富产生了好感。

吕先富与夏小惠的交往就是从借书开始的。

书非借不能读也。从陌生异性那里借来的书，看得更快更认真，想得更多更深刻。两个同龄人看的是同类的书籍，悟的是类似的道理，可以说是神交已久，因此一举一动便心有灵犀。时间一长，夏小惠也就对先富有了那层意思。先富却没敢多想，人家是城里人！而且在先富眼里，夏小惠就是个清新的邻家小妹，不容亵渎。

先富没敢想，但这并不妨碍夏小惠心中爱情之种的发芽，该来的照样会来，一刻也不会耽搁。

有段时间，先富半个多月没有露头，惹得夏小惠整日心神不宁。再回来的时候，先富变得又黑又瘦，这让夏小惠好生疑惑。

先富家本来住在老街里。跑运输赚了钱后，母亲就提出盖新房子。母亲的意思先富自然明白，自己老大不小的了，得盖了新房子，把硬件置办齐，好托人给自己寻门亲事。先富没有同意，说是要将二手货车换成"后八轮"，然后再盖新房子。"后八轮"拉得多跑得快，盖新房也就很快提上了日程。

母亲本来想在老街翻盖，先富觉得老房子只有三间宅基地，面积太小，况且老街破败拥挤，有条件的都想着搬出来。母亲最后依了先富，决定搬出来盖。新街的好地段早被杨王吕罗四大家族中条件好的后辈们抢占了，后来再盖新房的，只好到新街的南头或者是北头去盖。沿路建房，茶岗新街便逐年向南北延伸，不断地拉长到了近两公里。先富是跑运输的，在外面见得多体会深，自然知道沿路建房的弊端。沿路居家又脏又吵还不安全，去皖南拉水泥时他就看到过一辆大货车失控后撞塌了路边的房子。再说自己又不做什么买卖，也不需要临街盖房子。

新街不可能这样无限地延长，先富寻思着总有一天会向东西方向纵深发展的。西边是老街，自然会依托东边的新街向东拓展。先富选址建新房那会，茶岗还没有建新村部修广场路，在粮站南面有一条通向瓦埠湖边几个自然村的村道，大家约定俗成地称之为粮站路。

当年卖粮难的时候，王有根就和父亲一起沿着这条路排过队。稻子麦子收回来晒干留足种子和口粮后，绝大部分农户会将剩下的及时送到粮站卖掉了事，因为家里没有地方堆放，就是有地方存放那也得防鼠防潮甚至还要防火防盗，况且有不少人还等着卖粮的钱去周转，就是不等着钱用，存到信用社里还能长点利息。

老百姓要想小日子过得安稳，那就得会算会安排。

卖粮的农户，家中有小孩的大多会带个小孩同行，小孩虽帮不了什么大忙，但照看一下东西还是可以的。再说小孩子们也乐意领这个差事，说不准卖过粮了大人们一高兴，会从大把的钞票中抽出一两张零钱来，买根冰棍买瓶汽水买只气球或者是买只文具盒买支钢笔圆珠笔。从黎明开始就有人拉着堆满粮袋的架子车早早地来到粮站门口排队，队伍不断地延长，排成长蛇阵。开磅收粮后长蛇便开始自东向西蠕动，一点点地溜进粮站那敞开的大铁门。因为不断地有架子车加入进来，一直要到下午斜阳西下的时候长蛇才开始慢慢地变短。大人们趁着排队的工夫谈天说地、扯东拉西，不安分的小孩们则是跑来跑去凑热闹看新鲜。

粮站东面的那块地就是先富家的自留地。粮站路虽然是土路，先富想好了可以拉几车拆迁的建筑垃圾来垫垫，就到自家地里去盖省事，也不要另外出钱买地或者找别人换地了。

先富没有露头的这段时间，其实是回家选地备料请瓦匠师傅盖新房去了。回到县城再到夏家买豆腐时，夏小惠见了劈头就问："跑长途去了？跑了这些天这回跑得远？"

本来是想讲"想我啦？"的，但先富是个腼腆的人，想想可以，说不出口，说出来的话变成了"回家盖房子去了，有空带你到我们小镇上去转转"。

"说话算话，什么时候去？"

"等房子盖好了就请你去！"

一个无心，一个有意。先富本来只是这么随口一说，夏小惠则当了真，于是便有了吕先富带着夏小惠到茶岗的新闻。当然，夏小惠是不会贸然一个人跟着没亲没故的吕先富跑那么远的，她是以带着弟弟夏大有去玩的名义出的门。在县城长大的夏大有没有去过远乡，夏小惠一提议夏大有便吵着要去。反正暑假里有的是时间，父母便同意姐弟俩去放放风。

　　然后便顺理成章了。夏小惠通过实地考察，尤其是对先富选择新房址的眼光深感佩服。自那日起，她心里便有了决定，这个人是我的菜！

　　夏小惠当年是安丰县二中文科班的班花，学习成绩也一直处在班级的第一方阵。后来有几个男生天天围着她转，扰得夏小惠心神不宁，成绩一路下滑，最后高考刚过三本线。填报志愿时，也就没有什么挑的拣的了，她干脆报了个师专，想着将来做个人民教师。等到快毕业时她才知道自己入错了行，想进县城的学校，第一学历必须是本科以上，还要通过公开招考。乡村学校生源流失、班级减少、学校合并，教师已经是人满为患。当教师无望的夏小惠想出去找个工作，父母舍不得宝贝女儿离开县城，但在江淮分水岭上这个落后的小县城又找不到合适的岗位，要么是工资太低，要么是觉得不够体面。待业几个月后，父母说就在家帮忙好了。于是，夏小惠就待在家里帮父母做豆腐。

　　男怕入错行，女怕嫁错郎。夏家父母对高考填报志愿是一窍不通，任由女儿自己折腾，但对处对象相女婿，虽然不能说是阅人无数，但几十年的生活经验还是够用的，就不能由着夏小惠自己了。夏家父母觉得先富的文化程度与小惠不般配，这还是其次，重要的是对女儿嫁到偏远的镇上颇有意见，人往高处走，哪有从县城嫁到偏远乡镇的？

女大不能留，留来留去留成愁。夏小惠认准了吕先富，把先富盖新房子的经过讲给母亲听，夸先富是个有眼光有远见的人。夏家父母本来对吕先富的人品也是认可的，看女儿认上了，也不好硬生生地反对、活生生地拆散，便同意了这门亲事。美中不足的是宝贝女儿嫁得远了些，好在还有个儿子夏大有。当年偷偷地超生了夏大有，虽然被罚了三万多，现在看来还是值得的，否则就一个女儿还嫁这么远怎么办？

先富的眼光自然没有错。先富家是第一个到背街的地里盖房子的，引领出沿粮站路向东纵向发展的时尚，这也拉开了茶岗镇区向东纵向发展的序幕，客观上促进了茶岗由集向镇的转变。后来村部搬迁修了广场路，与东西向的粮站路、南北向的老街新街一起，构成了茶岗"两纵两横"的格局。此后不久，便有开发商在先富家东面开发商住楼，然后是卫生院、派出所等从老街搬迁到村部东面，茶岗这个偏远小镇也在城镇扩张运动的引领下，催生出一个新区来。先富家新房所在的地方，自然成了茶岗新区和老区的中间地段核心地块。

再后来，夏小惠就嫁到了茶岗。先富迎亲那天，轰动了整个小镇，这可是茶岗新闻的头条，不，是号外。先富的好人缘引得杨王吕罗四大家族沾亲带故的叔伯兄弟悉数到场，平日里觉得足够大的茶岗大酒店，那一天也只好改成了流水席，吃了一场再换一场。

一年后，茶岗大酒店再次破例摆起了流水席，为先富与夏小惠的爱情结晶办"喜三面"。茶岗周边地区有在孩子出生三天时洗澡的习俗，俗称"喜三"，中午设筵，必上一道面条加荷包蛋，午宴因此得名"喜三面"。先富本不打算大宴宾客的，免得让亲友们再次破费。但终架不住叔伯长辈们的劝说，只好退而求其次，决定除至亲外只请客不收礼。这开创了茶岗的新风尚，一直传为美谈。

先富想起来就感慨万千，三十年河东河西，不少同学邻居都笑话自己的名字太俗气。先富就佩服父亲，穷了几辈子，为什么就不能把致富的心声喊出来？不像有些人心里想的都是抢先致富的事，就是不敢说出来。当年在认识夏小惠之前，母亲曾托亲友安排了一次相亲，那姑娘就借口这俗气的名字不愿意的，事实上自然是嫌先富家穷。哼，现在还嫌不嫌我的名字俗气！

先富沐浴在"先富"的幸福里，一心想着让母亲让小惠让儿子享受更美好的生活。现在"二胎"也全面放开了，母亲念叨过几次，小惠的思想工作也做通了，准备要个"二宝"，要是来个丫头就儿女双全了。没想到天有不测风云，自己竟然先"走"了。

为了避让从乡间小道上杀出来的一辆电动车，"后八轮"迎面撞上来车，先富的两条腿卡在座椅与驾驶台之间动弹不得，等到救援人员破拆开驾驶室把他抬出来时已是奄奄一息，没等送到医院就没了气息。夏小惠自然是哭得死去活来。哭也好笑也好，日子还得过。当家的走了，家里便断了财路，夏小惠守着一个孩子和婆婆，从先富一族变成了贫困家庭。

8

离开家乡十几年了，茶岗还是老样子，杨凡平觉得也该向学兄王有根学习，想着能为家乡做点什么。正好杨凡平在和县也待腻了，曾经就有过走出和县创业的念头，否则仅凭王有根的三言两语，他是不会贸然回家乡发展的。

当年杨凡平到和县后，心中又燃起了新的梦想。去华中农大上研究生已经是遥不可及了，但正如高菲所说的那样，和县确实是个广阔的天地，完全可以大有作为。杨凡平决心在和县大展宏图，做大高家的蔬菜产业。不做出一番事业，仅仅做个上门小女婿，那太丢茶岗第一大户老杨家的人了。那段时间，杨凡平从农大来到高家，和高家父母一起扩大棚育新种创品牌，与高菲同进同出比翼双飞，成了当地一道靓丽的风景。曾几何时，杨凡平的到来渲染起高家父母做大蔬菜产业的激情。

别人激起的热情终难敌岁月的磨砺，时间一久便逐渐冷淡下来。曾经信誓旦旦要大干一番事业的杨凡平，也没有经得起日复一日劳作、生活日渐平淡的考验，正如歌中所唱的那样，"驿动的心已渐渐平息"。

和县经过多年的发展，土地资源的制约日渐凸显，蔬菜种植的规模效应也在递减，不少种植大户纷纷外出拓展发展空间。杨凡平就想过走出和县去做大产业。但无梦的高菲只想守着那十几栋大棚，高家父母更不想去折腾了，觉得现在这个样子挺好。不知不觉，杨凡平与高菲就生出了嫌隙，连带着与高家父母也就有了些许隔阂。特别是"鸡头"事件持续发酵，进一步扩大了嫌隙。

当年，杨家虽然不乐意杨凡平到和县去，但不去和县又没有更好的去处，况且杨凡平愿意，杨家也不好执意阻拦。在杨凡平与高菲谈婚论嫁时，高菲和父亲来到了茶岗。因为高家父女是第一次上门做客，杨家人还是十分热情的。杨家认为，家里虽然穷点但也不能失了礼数、乱了分寸，一切都要尽力安排好，不能给高家留下话柄。

怕鬼有鬼。全家总动员来安排的接待工作，结果中间还是出了岔子。

俗话说"出门三五里，各处一乡风"。那日杨家摆了正席，席间上了一盆红烧公鸡，这在茶岗是一道大菜。吃这道菜有个讲究，就是要将公鸡头敬给最尊贵的客人。于是，这道大菜中的公鸡头就当仁不让地敬到了高菲父亲的碗里。问题就出在这"鸡头"上，高家那个地方流传"三年的鸡头赛砒霜"的说法，所以敬最尊贵客人的习俗都是敬鸡腿。按理说，在物质匮乏的年代，理应敬鸡腿给最尊贵的客人，毕竟鸡腿最实惠，名副其实。敬鸡头，那只是有其名无其实。

高菲的父亲感到莫明其妙，脸上流露出一丝不快，但很快就恢复了正常，他是怕给女儿带来尴尬。父亲表情的变化，高菲全看到眼里记在心间。这本来也就是一点小误会，如果当面讲清楚、说明白也就是一笑了之的事。但高家父女是南方人，有事装在心里，不像北方人直爽，什么事当面鼓对面锣就说开了。等到事后高菲私下里再问起时，尽管杨凡平解释得很清楚，高菲还只是将信将疑，心中的芥蒂一经入驻便难以根除。

要命的是，日常生活中小两口发生争执时，高菲动辄就拿"鸡头"事件出来说事。这让杨凡平无话可说，心中暗骂自己，怎么就看上了高菲这样一个不可理喻的女人。

哲人告诉我们，永远不要跟女人讲道理。恋人吵架，男人吵的是理，女人吵的是情。到最后男人觉得女人不讲理，女人觉得男人不爱自己。道理无情，女人只想感受到更多的爱。女人可以和你以外的任何人讲理，但你是她的全部，无理可讲。只可惜，杨凡平就是没有弄明白这个道理。

随着时间的推移，嫌隙也就越来越大，隔阂也就越积越深。

现在的高菲，早已不是当年杨凡平心中的太阳了，高菲却习惯了高高在上、颐指气使，总觉得杨凡平沾了高家的光。杨凡平想，自己一个男子汉，当年金榜题名，是茶岗为数不多的几个大学生之一，曾经风光无限，现在却倒插门，帮高家守着那十几栋大棚，又想起爷爷的理想，想起杨家叔伯兄弟对自己倒插门的异样眼光。当年杨家叔伯兄弟认为高菲颇有心机，现在看来她高菲就是缺乏心机，只知道女承父业，根本不考虑杨凡平的感受。看着家乡还是老样子，自己上了农业大学，又在这个行业里混了几年，有条件也有责任反哺家乡，或许回茶岗发展就是个不错的选择。杨凡平有心王有根有意，两人的想法便无缝对接了，这也促使杨凡平下定决心：不管高菲什么意见，这回得听我的。

"要去你自己去，我们的钱你不能动。"高菲赌气说。

"你不去也行，等那边搞出个眉目来你再去看看。钱你不给那我怎么办事？要不算我借你的？再说了我这是去投资，是有收益的，收益也还交给你。"杨凡平也没指望高菲能去，但不给钱那事就办不成了。

"我才不去你那破地方吃鸡头，钱你自己想办法！"这不，又翻出了敬鸡头的事。

高菲说"我们的钱"，就是高家的钱，高家老两口只此一个女儿，小两口成家后老两口就把家里的账和钱交给小两口管理。说是小两口管，事实上是杨凡平在具体管。因为家中日常采购、销售等对外联系的事都是由男人们去办的，刚开始是高菲父亲带着杨凡平去办，后来渐渐地变成主要由杨凡平去办，账本银行卡都放在一只抽屉里，只不过高菲有时会拿出来看看而已。

既然铁了心要回茶岗，高菲吵也好闹也罢终究没有拦住杨凡平。一心女承父业的高菲是不会同意杨凡平回老家创业的，后来敌不过只好退一步，坚持自己不去。

杨凡平盘算着，地就用两个哥哥家的，暂时可以不给租金，但建大棚，买种苗、化肥农药，雇工人得要投入，王有根说的可以从县里申请产业发展补助资金、小额贷款，但这都要一步一步去办，自己至少要先准备个三五十万才行。

高家父母听说杨凡平要回去建蔬菜基地，心里纵然不情愿嘴里也不好说，毕竟周边有不少人都跑出和县去发展了，唯一担心的就是女儿高菲的那脾气，跟着杨凡平去了，没有老两口子日常提醒提醒、调解调解恐怕要出问题。要是不跟着杨凡平去，两人分居久了会不会出问题？老两口对于高菲的去留犯了难，后来看到高菲坚决不愿去也就没有说什么。

高家父母左思右想，觉得还是顺水推舟的好，便私下里喊来杨凡平。他们首先是旗帜鲜明地支持杨凡平外出创业，回茶岗创业那是更好。接着他们又拿出五十万元存款给杨凡平，说这是我们老两口存着备用的钱，没有跟高菲和你说过，你先拿去用，暂时不要从高菲那拿钱。又说道："高菲暂时不去也好，在家还要照顾孩子，这边十几栋大棚也要人管理，那边忙不过来再让高菲来回跑跑，两边兼顾。"

杨凡平顿时很感动,心想这钱要拿了压力就更大了,要不拿也不妥,老两口会有想法的,他们没把自己当外人,自己倒把自个当外人了。他于是先说了些感谢支持的话,又表态等茶岗的基地建好了,专门请二老去看看提提意见,这个钱算我借的,三五年后再还,要是效益好就多还些利息,效益不好利息就不给了。

揣着五十万回到了茶岗,杨凡平又在王有根的协助下,从县农委申请了农业大棚补助资金,从镇扶贫办拿到了扶贫产业发展的补助资金。结合贫困村农村道路提升行动计划,村里将临近蔬菜基地的村道修成了水泥道路,方便生产和销售。

就这样,杨家的地里呼啦一下盖起了十几栋大棚。有普通的塑料大棚,还建了几栋温室大棚。

杨凡平想着:第一年自己干给乡邻们看,来年要是有愿意转产种蔬菜的,就免费提供技术指导、帮助联系销路。想和自己合伙干也行,就入股加入进来。等茶岗的蔬菜种植形成规模了,就成立个"菜联体",再到省城的蔬菜批发市场去租个门面,分工协作、产销一体。到时候在建的高速公路也就通车了,茶岗就再也不偏不远了,就可以带领一部分乡邻们脱贫致富了。

大棚的骨架等材料也是吕先富帮忙捎带回来的。杨凡平比吕先富大几岁,都是在老街长大的,虽然后来各忙各的联系少了,但毕竟是乡里乡亲、知根知底的,有了相互信任做基础,自然可以直截了当地沟通了。坐在先富的驾驶室里,一路上杨凡平与吕先富畅聊个没完。杨凡平说自己回乡,主要是想带领大家调整农业结构、脱贫致富。吕先富感慨道："茶岗就是缺少能人来领头，我是没有那个水平，你回来这下就好了。"他当即表态："要是钱不够，我这有些闲钱，你可以先拿去用。"

"你谦虚了，你不也闯出一条路来了嘛，还带出了一批运输户。不过投资有风险，你就不怕我搞砸了?"

"我是带动了几个人，但那不算是扶贫，真正的贫困户也没有条件买车跑运输。你这不一样，搞蔬菜基地能带动务工就业，还能带动入股合作，是带动一大片，更为重要的是能带动贫困户。总之，我相信你、看好你、支持你。不会搞砸的，就是搞砸了明年我们从头再来。"

"钱暂时勉强够用。不过你要是参与进来，那就能更好地带动乡邻们了。要不这样吧，你带头入股，怎么样?"

"一言为定，回家我和小惠说说，出十万元入股。不过入股可以，我可没有时间参与，事情都得你办。"

"你忙你的，大事跟你通通气，小事就让你们家小惠了解了解。"

本来准备先单干，干给大家看，然后再带着大家干，现在先富率先参与进来，出师大吉。不过这下杨凡平身上担负的责任更重了，只许成功，不能失败，每一步都得看好了、想仔细了。

杨凡平结合茶岗的气候土壤水利等条件和自己掌握的销售渠道，种上了见效快的草莓、红芋，还种上长期受益的地参、芦笋等，路边、渠边再种上竹柳。茶岗是传统的农业乡镇，建大棚种蔬菜的倒有几个，但规模都很小，搞温室大棚、种这些新鲜玩意还是第一次见到，不愧是农大科班出身，又在和县扎根多年。

茶岗的蔬菜产业基地就此落地生根，静待开花结果。

杨凡平的事业开始还算是顺风顺水，爱情却亮起了红灯。诱因倒不是当年杨家与高家产生的嫌隙，而是另有隐情，埋下的嫌隙之种只不过起到了推波助澜的作用。

当年在农大追求高菲的队伍里面有个高一个年级的师兄，毕业后回到家乡当涂县工作了，两人是在新生交谊舞会上认识的。那年月新生入学后，农大各个系的学生会或者团总支都会组织高年级学生教新生跳交谊舞。没有选择师兄，不是因为高菲没有心动过，而是因为杨凡平的穷追猛追，加上高菲觉得杨凡平更适合和自己一起女承父业。

和县与当涂县虽然毗邻，但因隔着长江天堑，加上和县隶属巢湖市，当涂隶属马鞍山市，两地基本上是不相往来的。到了2011年，国家撤销了地级巢湖市，将和县划归马鞍山管辖。随着中国架桥铺路技术的进步，马鞍山长江段上下游百余公里上就架起了三四座长江大桥，不仅是天堑变通途，而且是融为一体了。杨凡平的外出创业、和县的区划调整、长江大桥的通车，为高菲后来的婚变创造了条件。

随着交通通信的发展、居民收入的提高，不知从什么时候起，中国大地开始流行起同学聚会来。一个班上总有那么一两个好事者或者是闲人，牵头组织同学聚会，通过手机、QQ，后来是微信，把天南地北的同学，乃至多年都没有音讯的一一找出来，一起回母校去寻找青春的记忆、回味逝去的芳华，再喝场大酒，嗨个没日没夜、天昏地暗，恨不得时光倒转从头再来一回。有的男同学便借酒壮胆，把当年对某个女同学没敢当面表白的话再添油加醋地和盘托出，后悔当年没有下手或者是下手不狠，现在要抓住青春的尾巴夺回损失。同班同学回母校聚会，但在一个地方的同班同学毕竟太少，于是便纵向联系，向上下届的同学拓展，形成个校友圈、校友会。社会上流传的"陪老婆受罪，找情人太累，不如开个同学会，拆散一对是一对""拉着女同学的手，后悔当年没下手"等有关同学聚会的段子，就是源于生活中这些真实的故事。

马鞍山的农大校友圈自然也时常小聚。校友们辗转联系上杨凡平和高菲时，杨凡平已经回到了茶岗，几次小聚杨凡平都因为身在茶岗而没有参加，高菲又不愿参加。后来架不住校友们的热情邀请，杨凡平就动员高菲去参加，毕竟都是同学，况且还大多是在农业领域里建功立业，出去交流交流也好。杨凡平万万没有想到的是，高菲自此与失联的师兄重逢了。

然后，便是高菲与师兄的第二个春天了。

高菲进入第二个春天的时候，杨凡平却在冬天里蹒跚着前行。

建好蔬菜基地的第一年便遇上了大旱，气象专家说是当地新中国成立以来遭遇的最严重的旱灾。茶岗所处的江淮分水岭岗地，水源主要引自大别山淠史杭灌区的干渠。百年一遇的大旱，灌区的水总是在路上，还没有到茶岗，一路上跑冒滴漏，早就被沿途瓜分殆尽。因为有借助地势自流灌溉的渌史杭灌区水系可依赖，茶岗就没有另起炉灶再建一套从瓦埠湖提水的灌溉系统，结果便是等到大旱来临时，也只能望湖兴叹。临湖的村庄临时架上水泵提水，可解燃眉之急，但茶岗地势高，至少要三级提水，成本高不说，没有可用的水渠，新开已经来不及了。

杨凡平百密一疏，临时在地头打机井，但那已经影响了墒情。尽管采取了能够用得上的补救措施，但第一年亏损的局面看来是无可挽回了。

面对杨凡平的困境，王有根也深深地自责，倒不是后悔劝杨凡平回乡创业，而是后悔自己没有提醒杨凡平要做好风险防范工作。曾记得市蔬菜办的张主任在座谈会上还专门提醒过，调整农业结构要注意防范四大风险，其中就讲到过气候风险问题。

雪上加霜的是，高菲不但没有安慰杨凡平，而且责怪埋怨甚至是嘲讽。高家父母也想就此劝杨凡平收心回头，说投入的钱就当交了学费，好在投入也不多，没有伤筋动骨。杨凡平可不这样想，开弓没有回头箭，一来乡邻们都在看着自己，二来就冲着高菲的态度，自己也非要干出一番事业来，不说是惊天动地，也不能让高菲小看了自己。况且，就在这个时候先富"走"了。先富可是率先入股的，是为了力挺自己，也是为了带动茶岗的种植业结构调整才入股的。我可不能拍拍屁股一走了之，丢自己的人事小，丢茶岗第一大户老杨家的人，那是万万不能的。

杨凡平不知，此时的高菲已经有了外心。高家父母也隐隐约约地觉察到了一些蛛丝马迹，但又没有确凿的证据，更不好同杨凡平明说，只是一个劲地劝杨凡平收手安心回和县。高家上下越是这样一致对着自己，杨凡平心里就越嘀咕，打好翻身仗的决心就越坚定。

世上没有不透风的墙。那年暑假，杨凡平专程回和县陪小孩去上海迪士尼乐园玩，这是早已许诺过小孩的，等小升初考试结束后就带孩子去见识见识、放松放松。为了表示多次校友聚会请而未到的歉意，杨凡平趁着这次回和县的机会，特意赶到市区摆了一场。然后再是同学们回请。几次大大小小的活动下来，终于有人酒后无意或者是有意说漏了嘴，再想想高菲那若有若无的反常表现，杨凡平决心找机会探个究竟。

没等杨凡平去求证，那个师兄主动来印证了。

不是印证，是摊牌！师兄下手够狠，不仅是狠，是快准狠！

杨凡平表现得出奇的平静，这些年在高家压抑得太久了，终于可以解脱了。其实离开和县、离开高家的念头，在杨凡平的心里曾经露过头，主要是因为孩子小，所以只是一闪而过，没有生根发芽、付诸行动。

世事一场大梦，人生几度秋凉？

好结好散！杨凡平办好了离婚手续，不声不响地回到了茶岗。

2017 年春节前夕，杨凡平借口蔬菜基地没见到收益，不好面对高家人，自己也多年没有在茶岗过年了，今年就不回和县过了，等过了年后再回去。杨凡平时常出去联系业务，虽然大多数是头天去第二天回，但有时也有一去三五天的，谁也不知道他到底有没有去和县。

那段时间，王有根有空没空都爱来找杨凡平闲聊。杨凡平知道，他是见自己的蔬菜基地遇到了波折，来安慰自己、鼓励自己。有一次聊到了吃饭的点，杨凡平便拉王有根找个土菜馆去喝几杯，王有根只好破例陪杨凡平喝了几杯酒。

进村前王有根给自己定了规矩，工作日不喝酒便是其中一条，这也是组织上对公务人员的纪律要求。但面对那时那景，也可以说是为了做好杨凡平的思想工作，鼓励杨凡平克服困难，打响茶岗农业结构调整的第一炮，王有根只好破例了。此后，王有根便选择午饭或者晚饭后的时间去找杨凡平聊天。遇上阴雨天气，杨凡平闲来无事，就会拉上王有根去二哥杨凡治的小店，坐上一两个小时。

王有根和杨凡平是茶岗为数不多去杨家茶馆叙话的年轻人，他俩去除了叙话外，主要是喜欢旁听几位泡了一辈子茶馆的老爷子们拉呱，尤其是爱听茶岗的掌故。在那里他们俩能听到儿时就听说过的陈年旧事，关键的是能听到外出读书离开家乡这些年来茶岗的悠悠往事。遇到感兴趣的话题，王有根还会抛砖引玉，打听一些走访调研时听不到的真实情况，或者是刨根问底，对一些事情的来龙去脉一探究竟。

聊着叙着，王有根敏感地觉得杨凡平有点反常，刚开始还以为是因为蔬菜基地的事，后来若有若无地觉得不仅仅如此，应该还有什么不对劲的地方。

有一次，王有根小心翼翼地旁敲侧击。离婚这事，一直憋在杨凡平的心头，连在杨家人面前都没有提起过，跟谁说、怎么说呢？说了无疑会让年迈的母亲伤心，让哥哥嫂子操心。杨凡平一心想着把蔬菜产业做起来后再说，现在经王有根这么一引导，就如同围困住的洪水，横冲直闯中遇到了蚁穴，一泻千里，固守了几个月的堤坝一溃到底。杨凡平放下顾忌、敞开心扉，一吐为快，说出来也就轻松多了。

没有想到是这种情况，一下子弄了个措手不及，王有根知道这个时候的杨凡平，最需要的不是安慰，而是倾听，再说也不知道该说什么好，干脆就默默地听。

在听完杨凡平的倾诉之后，王有根安慰道："高菲这种人不值得你伤心，留恋她你就是高度近视。有句话说得好，有一种胜利叫撤退，有一种失败叫占领。当年我们从农村出去上学，不谙世事，糊里糊涂地陷进去，看似成功地追到高菲，其实是一种失败，至少是失败的开始。你做得对，当断则断其实是一种胜利。"

"王队长，你不用担心，四十不惑，我是奔四的人了，再说，这事早已经过去了，今天也就是一说，说给你一听而已。"杨凡平知道王队长是在安慰自己，接着叮嘱王有根，这事到此为止，什么时候能对杨家人说、能在茶岗公开了，自己自然会说、会公开。

王有根知道，杨凡平主要是在乎母亲和哥哥嫂子们的感受，嘴上答应绝对保密，心里琢磨着要有合适的人选，得给杨凡平撮合撮合，毕竟这事自己也脱不了干系，要不是邀请杨凡平回来，或许就不会有这么一档子事。心灵的创伤只有自己去慢慢消化，在知道杨凡平的秘密后，要是没有重要的事情王有根就不再去打扰他了。

如果说时间是治愈心灵创伤的一服良药，那家乡则是一服难得的辅药。现在杨凡平已经离开了和县，回到了阔别多年的家乡，回到了母亲的怀抱，生活环境又由 B 面换回了 A 面。再说蔬菜基地里一忙起来，杨凡平就一头扎进了带领乡邻脱贫致富的事业中，暂时忘却了梦断之痛。

9

天无绝人之路。自从遭遇婚姻变故之后，杨凡平的蔬菜基地便风调雨顺、产销两旺了，到年底一算账居然打了个平手。杨凡平很高兴，心里想着，虽然先富人已不在了，但情义还在，决不能让先富的在天之灵失望，况且夏小惠现在带着婆婆和孩子也不容易。他拿出一万元送过去，说第一年收益不好，一万元谈不上是分红，只能算是给个利息。

平日里，夏小惠对蔬菜基地的事没有过问过，她也懒得过问，先富在的时候，家里大事小事都由先富操心，自己是"两耳不闻窗外事"，只想着带好孩子、照顾好婆婆。先富走了后又一时没有缓过神来，还要忙着带孩子，这大半年都是在恍惚中度过的，既没有心情也没有精力去过问。但蔬菜基地遭遇旱灾的事，听婆婆唠叨过，听乡邻们议论过。婆婆还埋怨先富不该投资蔬菜基地，说那十万元可能是打了水漂了。

先富决定投资入股时曾和小惠讲过，杨凡平是王有根请回来的，想帮大家闯出一条脱贫致富的门路，创业艰难，所以帮他一把，并没有想着怎么收益的事。俗话说帮人就是帮自己，帮他也是帮我们茶岗杨王吕罗自家的兄弟姐妹。

杨凡平的事，夏小惠断断续续地听到过一些，据说是上学后倒插门，现在又回来建大棚种蔬菜，一听而过，只是有些好奇罢了。听先富这么一说，她便觉得杨凡平是个有情有义的人。

现在，蔬菜基地刚开始就遭受了挫折，正是需要资金的时候，况且自己家里虽然入了股，但具体的事从来没有伸过手。想到这些，夏小惠觉得，杨凡平送来的这钱是万万不能收的，便对杨凡平说，钱肯定不能收也不会收，事情都是你在操持，再说了先富讲过，我们家入股也不是为了分红，你一心为家乡为街坊邻居们做点事，我们也就是帮个人场。

因为与夏小惠不是很熟，当时只有夏小惠一个人在家，杨凡平不便再三说什么，丢下钱就走。夏小惠也不好上前拉拉扯扯，看着杨凡平离开的背影心里想，这个人没有人走茶凉，难得。只是这钱怎么办？

　　对了，去找王队长，大家都说这个王队长说话公道、办事靠谱。先富"走"的时候，他就几次三番地来走访，给自己讲了很多大道理、小道理。

　　吕先富出车祸的时候，王有根正和吕先业一起到市住建委联系工作，路上吕先业接了个电话，隐约听出是王咏梅打来的。听了吕先业和王咏梅的对话，王有根得知夏小惠家惨遭横祸。

　　先业与先富是没有出五服的兄弟，等吕先业接完电话，王有根主动和他商量："先富是个致富带头人，出了这么大的事，于公于私你都要立即赶回去看看，我已经约好市住建委的同学，等办完事就赶回去。"

　　回到村里，王有根便第一时间去看望慰问吕先富丢下的一家老小。遭此劫难后，夏小惠身心俱疲情绪低落，整日心神不定神情恍惚。后来王有根又和计生干事或者是扶贫干事一起去走访过几次，还私下里叮嘱过吕先业，王咏梅作为家门里的嫂子，请她多去陪陪、劝劝夏小惠。吕先业说这是应该的，况且她们俩本身关系就好，经常一起去跳广场舞。

　　针对夏小惠家的情况，王有根就与村干部们商量，提议将夏小惠家作为新发生的贫困户纳入帮扶计划。"肯定要纳入，否则的话就算是漏评！"扶贫干事第一个表态。纳入帮扶计划不难，但面对一家老的老、小的小，怎么帮尤其是怎么帮出成效是个问题。

走访时王有根听说过，夏小惠娘家是开豆腐坊的，做出的豆腐香飘县城几条巷子，便建议夏小惠利用临近农贸市场的条件，借用娘家的祖传工艺，开个豆腐坊。先富的两个堂兄弟也附和，并提出每人腾出一间门面退还给夏小惠。

茶岗原本是没有农贸市场的，刚开始在过境的县道上形成露水集，后来演变成骑路集。当初的露水集，因为只是早晨那一两个小时，日出前后也就散了，大家都要忙别的事去。后来随着商品经济的发展，演变成了全天候的骑路集，这让途经茶岗的县道交通效率大打折扣。

站在拓宽后的新街上，王有根想，这随路摆摊的顽疾不除，后患无穷。当然这骑路集不能一禁了之，必须疏堵结合，先疏后堵，否则你想取缔也取缔不了。借助市里推进美丽小镇建设的机遇，王有根到市商务局争取了个农贸市场项目，由流通业发展专项资金投资八十万元，建设一个标准化农贸市场。

资金有了，要建好用好管好农贸市场还得下番功夫。王有根就见过，不少乡镇建了农贸市场，由于前期的市场调研、政策的制定宣传、商户的引导发动、后续的管理服务没做好，建了个"高大上"的农贸市场却用不上，有的成了停车棚，有的成了杂物堆，白白浪费了项目资金不说，还损害了基层干部的形象。

有次在杨家茶馆里，王有根和杨凡平说起建农贸市场的事，几个泡茶馆的老人发起了感慨，七嘴八舌地议论开了。

"这个农贸市场早就该建了，听说前几年先业刚接手的时候，镇里就提过这个问题，但几个卖肉的不同意。人家说得也有道理，镇子不大，卖肉的却有六七家，每家都有固定的主顾，如果大家伙儿都进市场了，几个肉摊在一起，都乡里乡亲的，买哪个的不买哪个的都不太好办。"

"两家做豆腐的也不愿意，说是院里做、门前卖，方便省事。"

"听说有次县委书记来茶岗，正赶上逢集，车子被堵了半个多小时，见到镇长劈头盖脸一阵批评。镇长当即表态要尽快建个菜市场，坚决不准在马路上摆摊做生意。后来镇里找到村里，想叫村里来建，几个人研究来研究去又不了了之。"

"办法还是有的，首先要把几个卖肉的工作做通，然后把各种摆摊的都赶进去，大家到市场里买东西也方便。人家都进市场了，你一家在街上摆摊，要买你的东西也就不方便了，不方便生意就少了，那还不乖乖地就跑到市场里去了。"

"这市场建好了得有人管，还不能收费，大家做的都是小买卖，再收费谁愿意进去?"

听说王有根争取了个农贸市场项目，杨凡平就建议，要建好农贸市场就得换位思考，要从商户、从顾客的角度考虑问题。就如同种菜一样，种什么菜完全由市场决定，要从需求方考虑种什么。比如这农贸市场到底建在什么地方合适，这得大家说了算。还有这市场建好了摊位怎么分、秩序怎么管、卫生怎么搞，那也得大家商量着办。大家伙儿自己出的主意，大多数人都同意，这事就好办了。

确实是这个理，王有根通过走访，听了这些议论和建议，心里便有了谱。在和村班子商议后，先后召开了几次座谈会，广泛宣传，发动群众，听取呼声，在选址和管理上让群众说了算，做到集思广益、求同存异。

接着，王有根又去向杨老书记问计，当心里盘算着有个差不多时，便拟了个方案，去向高书记汇报。现在的高书记就是当年挨县委书记批评的镇长，当时镇里书记到县委党校学习去了，高镇长在家主持工作。听说争取了个投资八十万的农贸市场项目，高书记很高兴，可能受前面两次想建没有建成的影响，对如何建好管好却犯了嘀咕。

"可以把农贸市场建在粮站南面的村道上，这个地方位置适中，村道又不是主干道，而且村道两侧目前还有空地，可以拓宽。建设农贸市场的同时，由镇市场管理办牵头，在各类经营业主中选一两名代表，成立一个市场管理委员会，摊位怎么分、日常怎么管，大家的事大家办，大家议而不决的时候，就由市场管理办裁定。市场建成后，三年内不收摊位费，卫生由村里负责，镇里适当给予补贴。三年后怎么办，届时再议定方案。"王有根便把自己的想法一五一十说给高书记听。

"那要是都不愿意进去怎么办？"高书记觉得方案还不是很完美。

"听说主要是几个卖肉的意见大，首先要做好几个肉摊主的工作，《生猪屠宰管理条例》规定，生猪必须定点屠宰、集中检疫，未经定点，任何单位和个人不得从事生猪屠宰活动。我们把政策宣传好，再加强市场管理，对既不是定点屠宰又不进市场的不给盖章。在市场设检疫点，对进入农贸市场销售的猪肉按照农村地区个人自宰自食的规定执行，现场免费检疫盖章，解决好肉摊就成功了一半。"王有根接着说。

"要是那一半不同意进去怎么办？"

"可以通过奖励引导、市场引导、管理引导、活动引导，采取多管齐下的办法取缔骑路集，启用新市场。比如：奖励引导，可以采取先报名先选摊位的办法，引导商户进市场；市场引导，可以规定全镇所有机关事业单位的食堂一律到农贸市场去采购；管理引导，可以借助县里文明创建的机会，通告从某月某日开始取缔骑路市场，届时请县里派个城管中队来帮忙，再把镇派出所和镇村干部发动起来分段看管，不准沿路摆摊，不准出店经营，还可以借修下水道和人行道的机会，把新街两边挖开，再把工期适当延长一点，流动摊贩无处摆摊自然就进市场了；活动引导，可以在农贸市场组织开展商品展销、义诊、文艺演出等活动，营造氛围、集聚人气。"

"是个好办法，我们再研究研究，把方案做得再完善些，把准备工作做得再细致些，把困难预想得再周全些，确保一举成功，决不能打无把握的仗，决不能反复，要是煮成夹生饭就不好办了。"高书记觉得这件事非同小可，必须慎之又慎才能把好事办成办妥。

按照高书记"慎之又慎"的要求，王有根请镇市场管理办的同志一起，去周边乡镇考察调研了一番。借鉴他们农贸市场建设管理的经验得失，结合群众习惯骑行电动车三轮车赶集的实际，在农贸市场南侧预留了三米宽的停车空间，画上整齐醒目的标线，解决了乱停车问题；除大棚里安置固定摊位外，在两架大棚之间各留下五十米左右的空当，画上标记一人一格整齐有序，解决了周边群众提篮小卖的场地问题；对拉着货前来赶集的则统一安置在大棚东头，按先来后到为序沿着粮站路向东延伸，解决了流动商贩的摆摊问题。

更细更实的农贸市场建设方案和骑路集取缔方案，让高书记很满意。于是，在镇党委政府的支持下，王有根有计划、有步骤地实施着建设农贸市场、取缔骑路集这一系统工程。

农贸市场就建在粮站南面的村道上面。村道也早已不是先富拉回建筑垃圾垫起来的模样了，现在已经拓宽了、硬化了，还装上了路灯。只是受粮站大院所限，粮站南围墙外那段没有拓宽到位。农贸市场只好从粮站东南角开始向东延伸，将已经拓宽的村道再拓宽六米，中间是三架百米长的钢构大棚，棚子两侧是一溜贴着瓷砖的台子。

经过广泛征求意见、民主制定管理制度、公开分配摊位，商户摊贩整体迁进了农贸市场，困扰多年的骑路集市成功取缔，整个搬迁工作比预想的要平稳得多。原本打算由城管、公安、镇村干部严看死守个十天半个月的，结果只看了两三天，商户、摊贩们都进了农贸市场。为了巩固来之不易的成果，镇里安排市场管理办做好日常的巡查工作，逢集的日子，由村干部轮流配合市场管理办维护市场秩序，再聘请一个适龄的贫困人员负责保洁工作。

只要搬迁成功，后面的事就简单了。做生意就讲究个"抱团扎堆"，同类商品一多，顾客选择余地大，容易形成固定的消费群体。各类商品在一起，顾客选购方便，容易挖掘潜在的消费欲望。这就是为什么市场一旦形成，就会越办越红火的道理，届时只要盯住市场管理委员会搞好自主管理就行了。

自上大学起，王有根就养成了晨练的习惯。晨练后再去镇食堂吃早饭。只要工作任务不十分紧张，王有根都会绕道去农贸市场转转，体会那里浓郁的生活气息。大棚分成蔬菜、肉类、水产、熟食、水果等几个区段，大棚外两侧不断有新开的店铺加入进来。市场里三轮车的喇叭声、买卖间的讨价还价声、鸡鸭鹅的鸣叫声、肉案上的砍剁声、流动商贩的吆喝声此起彼伏，夹杂着手机的彩铃声、店铺里播放的音乐声、熟人见面的招呼声，偶尔还有新铺开张的鞭炮声、推广新品的广告声、碰了别人的道歉声，甚至还有多情男女的打情骂俏声，声声入耳，汇成千变万化的和声。

在这层级最低的贸易市场上，还能看到好多被城市里高房租逼退的针头线脑、五金杂具、瓶瓶罐罐之类的微利小商品。有的是十分熟悉但已多年不见，有的是罕见的小众物件，还有些则是曾未见过的新玩意儿，当然少不了还有一些高仿的、山寨的、假冒的商品，让人看了忍不住感叹，高手在民间！王有根转着想着，三年后摊位费可以不收，但卫生保洁费用还是要收的，谁受益谁付费，天经地义，理所当然，商户摊贩们也会理解的，或许收了卫生费反而更能增强大家的卫生意识。

先富家门口就此成了农贸市场一号位。

一号位也没有用，先富是舍不得让夏小惠做生意的，只让她带好孩子照顾好母亲，挣钱的事全交给自己。后来顶不住两个堂兄弟的再三央求，先富拆掉前院的围墙，为了出入方便，把正对着农贸市场的大门移到了西侧，从大门向东沿路盖了四间门面，这四间门面成了农贸市场的金铺。两个堂兄弟提出来要付房租，先富不同意，只答应借用，说自家兄弟谈什么房租。先富心里想，自己也不在乎那几个房租钱，况且这么多年来，兄弟邻居没有少帮衬自己，特别是父亲刚走的那几年，母亲更是多亏堂兄堂嫂、左邻右舍的照顾。四间门面两个堂兄弟各借两间做买卖。

建农贸市场的时候，吕先富还拉过两趟钢架构件。农贸市场的成功投入使用，极大地推动了茶岗新区的建设，先富家也由"巷尾"变成了"街头"。这惹得夏小惠常常想起吕先富的眼光来，先富选的新房址，现在成了茶岗的中心地段。唉，你倒是有眼光，我算不算是看走眼了呢？你先"走"了，让我一个人带着老的小的怎么办？

"做豆腐，确实是条路。"夏小惠的婆婆也觉得王队长的建议可行。

夏小惠做豆腐自然是手到擒来。原本镇上有两家做豆腐的，现在多了一家，王有根心想扶上马还得送一程，要是豆腐坊开起来没有生意，入不敷出，那岂不是雪上加霜，自己的一片好心反倒害了这孤儿寡母的，干脆好人做到底，送佛送到西。他又出面帮助联系，定时向镇上几家单位食堂送豆腐豆干千张，好让夏小惠一家的生活能维持下去。没承想夏家独特的豆腐香，就此从县城飘到了茶岗，几次逢集都卖断了货。夏家豆腐便成了茶岗的一道美味，夏小惠也就成了农贸市场的一道风景。

自从先富走后，除了去幼儿园接送小孩，夏小惠很少出现在大庭广众之下。淡出大家视野半年多的夏小惠，虽然面容多了一丝丝隐隐的憔悴，眉宇间添了一点点淡淡的忧伤，看起来却越发妩媚动人，越发让人怜香惜玉。

就有那么几个主顾，喜欢光顾夏小惠的豆腐摊子，逢集必到，看她那切豆腐、卷千张的娴熟劲，赞叹那娇娇嫩嫩、停停当当的风韵。有的忍禁不住来上一句"来块白白嫩嫩的豆腐""我就喜欢吃你这又白又香的豆腐"之类点到为止的俏皮话。只要是不过分，夏小惠自会装作没听见，该干什么干什么。好在偏僻的茶岗，民风向来淳朴，就是有点歪心思的也只是在心里面痒痒而已，大家相安无事。

也不知道是哪个好事的后生，给夏小惠取了个"豆腐西施"的绰号。一开始只是几个人私下里喊，渐渐地背后喊夏小惠名字的便越来越少了，再后来就没有人喊夏小惠了。

"王队长在忙呀，那等你有空再说。"夏小惠找到王有根的时候，见王有根正伏在桌子上写着什么东西。

"不忙不忙，你请坐。"王有根见夏小惠进来，便放下笔站起身说，"有事你请讲。"

夏小惠向王有根说了杨凡平送来一万元钱的事情。

"你就收下吧，这也是该得的，该拿的不拿也不对。再说如果不收下你婆婆怎么看？怎么想？"王有根得知夏小惠的来意后建议道。

本来王有根也觉得杨凡平创业不容易，搞大棚种蔬菜本来就投入大见效慢，加上刚出手又遇到旱灾，现在应该是他最困难的时候。夏小惠退回这一万元钱，虽然数量不大，但意义非凡，能暖人心，能让他体会到大家的关心支持。但又觉得夏小惠孤儿寡母的更不容易，同情弱者是人的本性，于是更倾向于让夏小惠收下。

"杨凡平送钱去的时候，我婆婆打麻将去了，不知道这事，有机会我会同婆婆解释清楚的。"接着，夏小惠又说起吕先富曾经讲过的话。

"王队长，你说这钱我能拿吗？先富也不会同意呀。你就帮我把它退掉吧。"说着说着，夏小惠声调变了，神情也变了。说到吕先富，夏小惠又忍不住动起情来，要不是站在王队长面前，恐怕眼泪都出来了。

"你喝点水，坐下歇歇。"王有根见状想安慰安慰，又觉得往事还是不要再提的好，赶紧倒了杯水，再拉把椅子过来。

"没事没事，你看我这——麻烦你了。"

"行，那就去退掉！不过最好还是你去退。这样吧，我陪你一起去。"夏小惠的话让王有根无话可说，那就陪她去一趟杨凡平家。

"你刚才说你婆婆打麻将去了，家里这么忙，她还去打麻将?"在去杨凡平家的路上，王有根想起夏小惠说到婆婆打麻将的事，便问道。

"去，几个老婆婆一起去。先富在的时候，每个星期去三四次。不过现在去得少了，不像原来，星期六星期天是雷打不动要去的，有时在人家里打，有时还上麻将馆里打。"夏小惠叹了口气接着说，"我婆婆也不容易，老伴走得早，现在先富又走了，邻居老太太来约她去，她也讲不去，我就劝她去，让她和老太太们说说话、散散心也好，心里有个寄托，家里的事我多忙一点就是了。"

"人上了年纪还真要多活动活动，预防老年痴呆。专家研究发现，老年人打麻将有助于保持手部灵活，锻炼判断和推理能力，还能减少孤独感。"王有根接过话茬，"但不能赌博，不能长时间玩，否则容易引发颈椎病，还可能因为情绪激动诱发心肌梗死。"

"赌博肯定不会的，几个老太太消磨消磨时间。"

夏小惠的婆婆是在丈夫病逝后和几位邻居老太太一起开始打麻将的。那些年，婆婆一个人带着吕先富，生活十分艰难，一些麻友除从精神上安慰安慰，还帮忙干些地里的活。先富"走"后的一段时间，几个麻友还轮番上门来陪夏小惠的婆婆叙叙话、散散心。

麻友们平日里多是在家里打麻将，有时也会去麻将馆里玩几圈，凑凑热闹。

不过，自从村里将夏小惠一家列为贫困户后，尤其是开坊做豆腐后，夏小惠的婆婆对打麻将就不再热心了。用她自己的话说，村里还有王队长都这么用心地帮助我们家，自己也该帮小惠一把，专心把孙子带好，把豆腐坊开好，这样才对得起王队长的一片好心，也让老头子的在天之灵看了高兴、让先富走得放心，免得到时候见面了让他们责怪。

有时间到麻将馆去转转，王有根心想。

说着说着就到了杨家门前。杨凡平看到王有根和夏小惠一前一后进了门，心里便明白了大半。当夏小惠把钱放到堂屋的桌子上时，杨凡平想说什么，没等张口，王有根抢先说了，这事就我做主了，钱先放你这，等明年年底再一起算。

话已至此，无话可说。杨凡平觉得这个女子不寻常，忍不住认认真真地看了一眼夏小惠，那眉目身段、那神情举止，心中不禁啧啧惊叹，真不愧是"豆腐西施"。这是杨凡平第一次认真地看夏小惠，说是看，其实一开始是"评"，后来变成了"品"。

从杨家回来的路上，王有根盘算着，杨凡平这个人确实不错，一是一，二是二。夏小惠也是难得的有谱有格局，可惜"善人多磨难"。不过这两人倒是挺般配的，有机会不妨探探杨凡平的口气。

10

成天待在消息闭塞的村里，有时周末也回不了家，市里的一些政策信息等传到茶岗村时已经成为明日黄花了，这让王有根深感不安。如果就这样待在信息孤岛上，长此以往岂不成了孤家寡人？于是，每次回市里除了回单位串串门外，都会约几个同学或者同事小聚，找个棋牌室，泡壶茶，边掼蛋边聊天。

当日，王有根在茶岗听了张主任的一席话，王有根就决定有机会要登门拜访、当面请教。后来约过一次，张主任出差去了，趁着这个周末可以回市里，再约一次试试。这次张主任难得有空，便定好周末再约两个朋友找个地方吹吹牛、掼掼蛋。

周六下午，几个人正掼得难分难解的时候，张主任的电话响了。无巧不成书，这个电话给王有根带来了一个超级大礼包。

来电话的是本市知名企业家林木春。林老板请张主任去参加一个饭局，张主任说，我这里四个伙计正在操练，那边就不去掺和了。林老板说，我刚从湖北回来，这里就几个老朋友，你们四个人都过来吧，老地方，小糊涂酒店，我还有事向你汇报，你们在哪里，我让车去接你们。张主任停顿了一会，看了看几个同学，觉得都是喝闲酒吃闲饭，到林老板那里也一样，便说，那好，我们打完这牌就过去。

这个小糊涂酒店，是当年跟着林老板卖皮鞋的一个伙计开的，因为有了当年的那层关系，林老板已经把小糊涂酒店当作自己的招待所了。

王有根赶紧制止，那不合适吧，本来是我请你们出来吹吹牛的，结果你把我们带去赶场子，这不像话。

张主任摆摆手，没关系，林老板，老朋友。对了，他现在正在寻找投资机会，正好去看看他对投资农业可有兴趣。

听说林老板正在寻找投资机会，王有根来了劲，请张主任务必给介绍介绍茶岗发展农业的有利条件。

改革开放之初，林木春便离开家里的几分薄田出去闯荡，从温州来到淮滨，在小商品批发市场开了家皮鞋店谋生。浙江的皮鞋产业转型升级开始走品牌之路时，林老板抓住机遇，买断了某康和康某皮鞋在淮滨市的代理权，成为淮滨皮鞋销售行业的NO.1。皮鞋代理走上正轨后，只需要按照既定的程序做好日常管理就行了。习惯于在市场里打拼的林老板已不再满足于做这样没有挑战的程序化管理工作，遂从几个皮鞋店的店长中物色一个可靠能干的角色，委任为总经理，将几家皮鞋店交给他打理，自己则四处寻找着新的市场机会。

不再埋头代理皮鞋的事务后，林老板便腾出手来参加各种社交活动，广交朋友。与浙江老乡频繁走动，与街道、工商、税务等部门的人员广泛联系，与淮滨的三教九流打成一片。一年多来，林老板的朋友圈就如同"摊大饼"的北京城一样，从"一环"摊到了"五环、六环"，终于在"六环"的一次朋友聚会中认识了张主任。

没有想到的是，这一认识，便改变了林老板的人生轨迹。

那是二十世纪九十年代，全国各地国有企业改革风起云涌，淮滨市也掀起了一波又一波的改革大潮。先是"破三铁"，破了"三铁"还不过瘾，又成立国有企业改革指挥部。在请来的专家指导下，按照建立完善现代企业制度的改革方向，推进"六个一批"，要求全市的国有企业，从外资嫁接（外资控股或参股）、职工持股（经营层持大股）、找帅当兵（行业龙头控股）、破产重组、公开拍卖、能人收购（经营者或者经营层出资买断）六种模式中对号入座，各选一种进行改革，在两年时间内全部改革到位。

在改革开放纵深推进的年月，大鱼吃小鱼，快鱼吃慢鱼，一批资金雄厚、管理有方的企业四处攻城略地、跑马圈地，迅速成长起来，行业集中度大大提高。伴随着一批企业做大做强的则是一批批中小企业败下阵来，部分有特色或者是有市场或者是有资源的企业，依托那点比较优势主动靠大靠强，在新的产业分工体系中找准位置扎根生存，剩下那些要什么没有什么的企业则无立锥之地，率先被"拍死在沙滩上"。当年，张主任工作的市农委下属有家国有饲料公司，在外资正大集团、民企希望集团等大品牌大企业的夹攻下，从每况愈下到举步维艰，再到入不敷出奄奄一息。大企业的规模优势和管理优势，创造了小企业无法撼动的成本优势，小公司饲料的出厂价比大品牌饲料的零售价还要高，生产成本与市场售价倒挂，那生意还怎么做？

饲料公司很快就进入了只发基本工资的阶段。账户上的钱发完后，就靠催收应收款发基本工资，然后便是停发工资。停发工资后，习惯了按月拿工资、平稳过日子的职工们就开始上访。做思想工作也没有用，再好听的话、再正确的道理也不能哄肚皮。公司领导班子研究来研究去，别无选择，只好变卖各种能变现的东西，过一天算一天、糊弄一月是一月。

只出不进的结果，最终只能是彻底停发工资。不到一年，能卖的都卖了，饲料公司只剩下长满荒草的厂区、空空如也的厂房、锈迹斑斑的设备，这几样因抵押给银行办了三百多万元的贷款，已经没有办法变卖了。就这样，公司里还有人打起了那套生产设备的主意。找来买家一看，几百万买来的成套设备开口就二十万，气得几个始作俑者咬牙跺脚。

"这设备已经淘汰了，只能当废铁卖。"买家也没有多说，只一句话，众人便哑口无言。

"二十万，不卖！"

"不卖拉倒，再过几年，废铁变朽铁，二十万都不值。"

二十万当然不能卖，谁也不敢卖，卖了就说不清楚了。即使上级不算国有资产流失的账，银行不追究私自处置抵押物的责任，对职工也没法交代。面对一百多名等米下锅的职工，已经无路可走的主管部门请示市国有企业改革指挥部，决定启动破产程序，职工下岗进再就业管理中心托管。

这场国有企业改革大潮，为正在寻找投资机会的林老板提供了诸多选择。恰好这时候张主任出场了，便向林老板介绍了饲料公司。

这饲料公司在别人看来已经是一文不值，但在农学院科班出身、曾经在饲料公司挂职过一段时间的张主任看来，还是有"剩余价值"的，甚至还有"增值"的地方。饲料公司如果还生产饲料肯定是不行的了，但有仓库、有人员、有渠道，可以代理销售知名品牌饲料，说起来这也算是靠大靠强参与新的产业分工。关键的是饲料公司那块地好，公司曾经打过一口深井作为自用水源，取出来的水偏硅酸含量远远高出国家标准，是难得的优质矿泉水。不过那个年代，大家刚从温饱阶段过来，对改革开放后出现的各种新生事物，包括各种美食还处在应接不暇阶段，对饮用水还没有更深的认识和更高的要求。

但见多识广的张主任则不同，他看到了潜在的商机。

那年月，因土炼焦、小造纸、小制革等"十五土小"企业遍地开花，淮河流域污染严重，桶装水行业正在由市场导入期步入市场成长期。饲料公司就有几个职工每天带只塑料桶装水回家饮用，但公司停产后，水井就不再取水了，况且开不掉工资，大家都忙着生计，再好的水也不能填饱肚子，公司那口井里有矿泉水的事，就逐渐被大家淡忘了。

张主任见林老板经商创业有一套，为人豪爽仗义，就私下里和盘托出自己的看法，建议林老板出资收购饲料公司，用现成的仓库、销售队伍和销售渠道，从做知名品牌饲料的代理做起，等稳定下来后，再办个水厂，生产桶装水、瓶装水。

这个建议不错！

林老板在放手皮鞋业务后，四处吃喝玩乐了一年多，现在终于在茫茫人海中认识了张主任，从张主任这里捕捉到了商机。当然，没有第一个馍打基础，仅吃第二个馍是吃不饱肚子的，没有那一年多的广交朋友，林老板也认识不了张主任。

在深入研究一番后，林老板该出手时就出手。先是去联系饲料代理的事，谈妥后正式开始收购饲料公司。最终以承担三百多万元债务的方式，取得了饲料公司的厂区厂房和设备的所有权。

当然还签订了个附属协议，约定林老板在后续的创业中，对饲料公司下岗职工中符合条件的人员必须优先聘用。林老板对此求之不得。国有企业的职工有素质、有技能，招来就可以用，不需要再培训，也不需要过多的磨合。

林老板的二次创业正式起步。

背负三百多万元的贷款，仅做饲料代理，除掉财务费用，只够给二十来个职工开工资的，况且代理销售饲料只用得上仓库，厂房都闲置着，这样下去白忙活肯定不行。于是，在饲料代理步入正轨后，他就开始按照张主任曾经设想的那样，办起了矿泉水厂，生产桶装水、瓶装水。

矿泉水的生意做了几年，规模也做到了极限，毕竟本地的市场容量有限。更为要命的是，经过三年多的努力，市里的引水工程建成了，全市人民喝上了优质的大别山天然水，矿泉水的生意大受影响。几年前淮河的污染日益严重，在市"两会"上引起了部分人大代表和政协委员们的热议，后来他们联名建议市人民政府实施第二水源工程，从大别山淠史杭灌区的水库群引水，接下来便开始论证、规划、建设，耗资2亿多元，建成了引水工程。

追逐利润是资本的天性，扩大再生产是增加利润最简单最有效的途径。饲料代理也好，生产矿泉水也罢，都没有了发展空间，不能扩大再生产，就难以增加利润。

仅仅是维持现状，林老板便清闲了许多。闲下来后的林老板，再次留心寻找投资机会。

这时的林老板已经鸟枪换炮，不再是当年卖皮鞋的模样了。在成立淮滨市浙江商会时，林老板还当选为理事。商会有个副会长，也曾经与林老板一样，出来打拼，但林老板抓住的是国有企业改革的机遇，而副会长抓住的则是住房制度改革的机遇，进入了房地产行业，一跃成为淮滨市房地产行业的三巨头之一。

在什么山唱什么歌。副会长建议林木春来一次"腾笼换鸟"，把饲料销售业务搬到城郊去，把水厂迁到开发区去，利用地处黄金地段的厂区开发房地产。这无疑是个绝妙的主意。近一百亩的土地开发房地产，就会变为上亿的现钞。

但对于林木春来说，开发房地产他是个门外汉，如果再铺摊子，那投入的精力、成本过高，这一块地开发结束后，如果不继续留在房地产行业，这些投入便成了一次性投入，这样做无疑不是最佳选择。如果能同副会长合作，成立一家公司，开发完这块地后，想继续做就继续做，自己也入了门，有了人脉、攒了本钱，就可以拉起一支队伍接着干，不想继续做就撤，也不会有什么损失。合作虽然要与副会长分割一部分利润，但这样做风险分摊成本可控，可进可退，成功可期。

这对于副会长来说，表面上是却之不恭，事实上是求之不得，轻车熟路包赢稳赚，本来心里就有这种想法，只是碍于同乡情面，恐有争功夺利之嫌，有损副会长形象。现在既然是林木春自己提出来，副会长自然是稍作迟疑，故作思考状，然后再一字一句地答应："没问题，我这里各路人马齐全，开发经验丰富，肯定能又快又好地开发这块地。"

转行穷三年，换行需谨慎。这种合作，对于林老板来说，确实是个最佳的选择。事后也证明，这次合作确实是最佳的选择。有副会长庞大的人脉关系支撑、成熟的开发团队操刀，林老板的这块地从土地性质变更到开发上市仅用了两年时间。当年承担三百多万元贷款拿下的饲料公司，土地性质一变更，按市场行情评估每亩便价值一百多万元，仅土地便收益几千万元。加上这次开发，正好赶上了房地产市场新一轮上涨，开盘即售罄，林老板又分得利润三千万元。

搬迁到开发区，没有了水源自然生产不了矿泉水，本来打算建个纯净水厂的，后来觉得矿泉水变成了纯净水，消费者能不能接受是个问题，市场风险较高，加上投资回收期太长，便放弃了建纯净水厂的念头，只是投资一千多万元在开发区新建了饲料销售公司。这次"腾笼换鸟"，除掉税费等开支外，净赚九千万，林老板身价倍增，已经不是什么"鸟枪换炮"了，而是一次蜕变、质变。掂着几千万的现钞，林木春时常偷着乐，卖皮鞋、卖饲料、办水厂，干了十几年，还没有这次倒腾一下赚的零头多。

身价倍增后的林木春，像当年看不上皮鞋代理业务一样，已经看不上饲料代理业务了，任由几个伙计打理，自己再腾出手来寻找新的投资机会。本来是可以到城郊租个仓库代理饲料的，但林老板尝到了饲料公司近百亩土地增值的甜头，况且手上攥着那么多现金也不是事，便弃租为买，按照工业用地的价格购买了五十亩土地。本来想多购买一些，但开发区对项目投资强度有要求，像这样的饲料销售公司对开发区来说是可有可无的项目，正好开发区里面有一块不大不小的边角地块，地处高压走廊边上，开发利用受到限制，于是便挂牌出售给了林老板。

吃水不忘挖井人。这么多年来，林老板一直把张主任奉为自己的座上宾。他现在手上攥着几千万，又到了抉择的时候。没有钱愁，有钱也愁。为了给这个几千万找个可靠的去处，林老板已经寻寻觅觅了半年多时间。信息很多、机会遍地，但因为信息不对称，有的看似馅饼其实可能是陷阱，让人一时难以定夺。这半年多来，林老板要么是外出考察，参加一些论坛、招商大会，要么就找些老朋友喝喝茶吹吹牛，听听建议找找灵感。这次刚从湖北潜江考察龙虾养殖回来，因为考察的是农业方面的项目，林老板便想着把张主任请过来，吹吹湖北之行的见识感想，听听农业专家的说法。

几个人转场到小糊涂酒店，宾主见面后，张主任将王有根介绍给林木春，一番寒暄后逐一落座。

"请问张主任，泡什么茶？"看到有新的客人来，服务员跟着进来，准备给大家泡茶。

"王队长喜欢喝什么茶？有六安瓜片、黄山毛峰，还有祁红、普洱。"林老板觉得喝什么茶应该问新认识的朋友王有根。

"随便，喝什么都行，张主任喜欢喝什么就喝什么。"

"那就泡一壶普洱了。"服务员对着张主任说道。看得出来张主任是这里的常客，服务员都知道他喜欢喝普洱茶。

几个人推让一番后，其中四个继续掼蛋，王有根有任在肩，和张主任一起坐在茶几边听起林木春介绍他的潜江之行来。等坐下来王有根才仔细看了看这个房间，看样子这个包厢是林老板专用的，里面有牌桌，还有一只酒柜，存放有烟酒和茶叶。

干什么吆喝什么。张主任是学农的，干的又是农业方面的活，提建议谈看法，自然离不开"农"字。听完林老板潜江之行的见闻，张主任打开了话匣子："我国养龙虾，一是江苏盱眙，盱眙龙虾又叫克氏螯虾，已经申报了中国国家地理标志产品。盱眙龙虾种群发展特别快，夏季是生长旺季，现在已经成为我国水产的优势种群。二是湖北潜江，潜江养的是小龙虾，养殖规模、加工能力、出口创汇已经后来居上，超过了盱眙，潜江市号称中国小龙虾之乡。"

专家就是专家，张主任讲得头头是道，林老板自愧不如，觉得自己考察了半天，也只不过是在看热闹。说着说着张主任话锋一转，讲到了一种新生养虾技术，"现在要是想养龙虾，在确保销路的情况下，小规模养殖的还可以，大规模养殖已经难以超越盱眙和潜江了。但有一种稻虾共生的新技术值得尝试。为什么呢？因为这种技术不仅养虾，而且还生产有机水稻。我们知道泰国香米、日本大米的品质比国内大米好，因此价格也高。有人到日本旅游，还专门带日本大米回来。这说明一个问题，就是随着生活水平的提高，高品质大米的市场前景很好。稻田养虾，虾吃害虫，虾粪肥田，实现生态种养、虾粮丰收，关键产出的是不喷药不施肥的有机米。稻田养虾符合市场对优质稻米的需求，经济效益、社会效益和生态效益都很好"。

张主任的一番高论，让林老板听入了迷、走了心。林老板心里想，这个张主任就是我的贵人、我的福星、我的财神。先入为主，林老板几年前听了张主任的建议，迈出了事业成功的关键一步，对张主任的话自然深信不疑。前段时间专门请教张主任时，他就建议自己投资生态农业，还说什么，现在中国处在城市化阶段，即将步入逆城市化阶段，过去进城是时尚，将来下乡是潮流，也就是城市里的人想着到农村去生活、去创业，投资生态农业，可以提前进入农村，抢占先机。

道理是这个道理，沿海发达地区已经出现逆城市化的苗头了。但林老板觉得自己不懂农业，而且生态农业范围太大，直到现在自己也没有找到投资生态农业的方向。没有想到的是，今天从去潜江考察小龙虾养殖的话题说起，张主任三言两语就为自己指明了一条道路。

就此，林老板对稻虾共生模式表现出浓厚的兴趣。

张主任趁机建议林老板到王有根驻村扶贫的茶岗村去看看，并介绍说，自己去茶岗调研过，茶岗沿瓦埠湖有片洼地，临湖，水源有保证，临近省城，市场有保证。而且，现在去投资，既能享受招商引资的优惠政策，还能享受产业扶贫的政策支持，并断言："你要是去看过了，一定会感兴趣的。"

没用开口，张主任把王有根想说的全说出来了，以张主任之口说出来的效果自然会更好。

机不可失。王有根也附和着邀请林老板去茶岗现场走一走、看一看。林老板现阶段的主要任务就是四处走一走、看一看，因此他不假思索地就答应了，同时提出请张主任一同前往。

"一言为定，张主任没有问题，请他陪你一道去。"王有根看了看张主任，没等张主任表态就抢先回答。

"你们星期一等我电话，我到单位把工作安排好，再确定去茶岗的时间。"张主任自然明白王有根看看自己的意思，既然话都说到这份上了，就干脆帮到底吧。

当晚回到家，虽然已经是九点多了，但事情紧急，王有根觉得有必要第一时间给高书记打个电话，汇报一下林老板将去考察的事，恳请镇党委、政府出面接待，以示重视。高书记听说有可能引进个大项目，心里十分高兴，一口允下，并说自己将争取全程接待，如果实在排不开，也会让镇长全程参与。

高书记自然高兴了，镇里今年的招商引资任务还没有着落，这下有了眉目，如果谈成了，今年招商引资工作就不会像前几年那样在县里排名连年垫底。这个项目不仅能为镇里带来财政收入，还能带动就业，帮助一批贫困户脱贫致富，甚至将来还有可能带动商贸街的房地产销售也未可知。

这次接待林老板，虽然有老同学张主任作陪，但也不能有一丝一毫的马虎，必须做周详的准备。想到这，王有根又打电话向吕先业通报了一下情况，准备星期一上午村班子开个专题会研究一下这次接待工作，让他有个思想准备，先考虑考虑怎样搞好接待，确保不留遗憾。

第二天吃过午饭，王有根便提前回到村里。平时，王有根只要回到市里，都会等到星期一上午先去单位汇报一下工作，然后再回村里。这次不同，林老板有可能星期二就要到茶岗考察，这样的话只有一天的时间做准备。

村班子会将考察路线、地图资料等能考虑到的细节都一一安排妥当。王有根还郑重地提出，大家再一起想想，分析一下总结一下，看看我们茶岗到底有哪些优势能吸引林老板来投资，尤其是与周边条件相似的乡村相比，能不能确保让林老板下定决心来茶岗发展。

分析来分析去，大家总结出茶岗的优势主要有四点：一是土地资源，二是区位优势，三是交通条件，四是王队长的人脉关系。

王有根说，第一、第二点，优势不明显，沿瓦埠湖周边乡村都有湖区洼地，都靠近省城。第三点，高速公路即将通车，算是个优势，但也起不了决定作用，有高速公路出口的地方多，再说离高速出口远近个十几公里几十公里，影响不是很大。第四点就更不靠谱了，自己与张主任关系不错，但与林老板也只是刚认识，况且资本是逐利的，不会因为通过张主任认识了我就来茶岗投资。万一林老板再到周边条件类似的乡镇去考察怎么办？

王有根这一问，让大家陷入了沉思。

吕先业说，可不可以在土地流转成本上做点文章？前段时间张主任来调研时提出过"两上两下一带动"的工作思路，就提过把土地流转成本降下来的建议。这倒提醒了王有根，发展稻虾共生，肯定要流转成百上千亩的土地，如果能在这方面营造些优势，那就更有把握留住林老板。

"这次机会难得。杨凡平回乡创业让茶岗的农业结构调整破了题，但仅靠这个蔬菜基地显然还远远不够。我们能不能再进一步，调整的步子能不能再快一点，关键就是看能不能够引进新项目、好项目。现在有了这么一个好的项目，我们要全力以赴。林老板的这个项目能不能引进来，靠的是投资环境，靠的是优惠政策。否则人家为什么会选择茶岗呢？如果我们自己都不能说服自己，那还怎么吸引人留住人？周边乡镇土地流转费用的行情是每亩七百元，那我们能不能降到六百？"

面对王有根抛出来的问题，几个村干部面露难色，怕就怕群众的工作难做，群众不同意，那我们也没有好办法。

"我听说这七百元里面，群众拿到手的也就是六百五十元，还有五十元是给村里的，算是协调服务费，作为村里的集体经济收入。如果是这样的话，那首先我们村里这五十元不收行不行？"王有根说完朝吕先业看了看。

"村里面的事，那是我们自己做主。王队长站得高、看得远、想得深，这也是为了村里的发展，就算是村里的投资，我同意。"吕先业接收到王有根传递来的信号后，首先表态。王有根是队长、是第一书记，吕先业是书记，大家看他们两人统一了意见，纷纷表态没有意见。

"这个土地流转费用问题，关键是看你账怎么算。我们要算大账不能算小账，要算总账不能算细账，要算长远账不能算眼前账。今天我们降低一点流转价格，一亩地减少一百元，其中村里五十农户五十，但得到的是一个好项目、一个大项目。有了这个项目，明天就可以带动一批人就近务工，就可以解放一批农村劳动力，就可以带动运输、餐饮等服务业发展。关键的是这个项目后续还能衍生出龙虾深加工、有机稻加工等项目。等这些项目再发展起来，还能带动茶岗商贸街的房子销售。一着棋活，全盘皆活。我想我们不出手则已，一出手就要确保成功。"王有根接着分析给大家听，"当然我们村里那五十元不收了不代表村里一点好处都得不到，就是刚才讲的大账、总账、长远账不算，我们算细账也还是有收入的。群众的土地合并在一起流转，那沟、埂、路的面积还有一些边角地、废弃地也就一起算进去了，这一部分土地的流转收入还是归村集体的。虽然比例不大，只有百分之五左右，但要是流转的规模上来以后也还是可观的。比如，流转一千亩就有五十亩是集体的，按六百一亩算，每年也是三万元的收入。"

一席话说得大家动了心，于是大家七嘴八舌地议论开了。

"如果大家觉得可行，我们班子统一思想，土地流转就按照六百元报价。一旦项目定下来，我们就做工作，首先把村民组组长、党员和积极分子请来，把道理讲清楚，把大账、总账、长远账算给大家伙听，取得大家的支持后，再分头做群众的工作。我想，只要是明白人，都会同意我们的意见。有个别群众意见不一致也正常，我们再去登门拜访，实在不行，还可以请杨老书记甚至镇领导出面做工作。今天议的事，特别是这个土地流转价格，暂时要保密。"王有根见火候已到气氛正浓，便趁热打铁，把大家的思想统一好、把后面的工作安排好。

如此这般，林木春便来到茶岗，注册成立了如春生态农业有限公司，从卖皮鞋到收购饲料公司，再到"腾笼换鸟"开发房地产，如今重回农村，投资"稻虾共生"项目，开始了他事业的第三次转型。

11

事不过三。林木春决定这次转型后，就扎根茶岗再当农民深耕农业，把后半辈子交给农村了。当然，这次重回农村不是一个简单的轮回，而是一次淬火重生、一次凤凰涅槃。

在作出这个决定之前，林老板回了一趟浙江，从杭州到绍兴、到宁波，再经过杭州湾大桥到嘉兴、到湖州。这趟回乡之旅不同往常，过去都是有事在身，来去匆匆，这次是一路走一路看一路想，就是为了看看先进地区农村的发展。

这一看，林老板感触颇深。这些年来，自己窝在饲料、桶装水行业里，站得低见得少，观念落伍了。要不是搭上了房地产开发的这趟顺风车、这趟高速列车，现在自己可能还在那片小天地里转圈圈，殊不知同自己一起出来混的浙江老乡，有的早就荣登胡润排行榜了。

一路走来，确实如张主任讲的那样，在杭州湾区已经出现逆城市化的苗头，有的地方已经不仅仅是苗头，而是渐成气候甚至是渐入佳境了。不少人在城市里积累了资本、人脉、经验后，回到农村，一边发展生态农业，一边过着优哉乐哉的田园生活，享受着清新的空气、充足的阳光。这不由得让林老板想起那则富翁和渔夫在海边晒着太阳对话的故事来，自己在心里也对号入座，可一时也没有拿准，自己到底算是渔夫还是富翁。

"十年之后，乡村将是中国人的奢侈品。"这是林木春车过浙江安吉时，在路边看到的一幅标语，让人过目不忘、记忆深刻。这幅标语充分印证了张主任的话，深深地触动了林老板的灵魂，这不正是自己浙江之行要寻找的答案吗？

言简意赅的口号胜过冗长的论述。这幅标语让林老板坚定了投资农村、深耕农业的决心。从浙江回来，林老板就把城里的事安置好，带上几个人住进了茶岗。流转土地、招聘职工、开渠引水、买苗播种，一切有序推进、进展顺利。再争取了十亩建设用地指标，建办公楼、食堂，还专门盖了个别致的小院，供请来的技术人员、自己和来访的客人生活起居。

这次转型已经不是当年的艰苦创业了，林老板只管决策和调度，具体事务统统交由几个帮手去办，余下的时间要么是与茶岗镇村各界打成一片，要么是外出考察联系，还时常带回来三两个朋友，来看看他的"稻虾共生"项目，看看他事业转型的杰作和可以预见的美好未来。

来看过的朋友都觉得，茶岗这个地方没有什么工业，所以水好空气好污染少，加上临湖靠岗，又离省城不远，确实是个发展生态农业的好地方，因此都羡慕林老板抢先找到了这个好地方，尤其让他们羡慕的是林老板认识了张主任这个贵人。

茶岗过去偏僻是因为交通不便，加上人均有三亩土地，在农业经济为主的时代，比起人均只有一亩地或者不足一亩地的地方要幸福得多。但后来，人多地少的地方，不是大办工业就是外出经商找生路，长期下来，情势逆转。人均土地多过去是优势，现在却成了累赘，大家伙守着土地，饿不着撑不死，除掉种地什么也不会。按照专家说的，这叫什么路径依赖现象。

绿水青山就是金山银山。

茶岗这地方因为落后，没有发展过什么工业，从而留下了一片生态环境好的处女地，如今又成了优势。

这个优势，茶岗人身在其中还不觉得，镇里县里领导是知道的，但没有找到好的途径来挖掘利用。现在林老板成了义务宣传员，把茶岗的优势介绍给了自己的朋友圈，接着就有几个像林老板一样手上攥着钱找出路的主，琢磨着步林老板的后尘来茶岗抢占地盘。

第一个跟进的是林老板的老乡沈健，他与林木春合资，建了个水产品加工项目。林老板通过参股，为龙虾找到了可靠的出路，沈老板通过与林老板合作，为工厂找到了稳定的原材料。于是征地建厂房、建冷库、建生产线，茶岗便诞生了一个现代化的水产加工企业。

这一下把王有根忙坏了，村里扶贫的事要过问，美丽小镇建设的事要操心，还要给沈老板搞服务。好在有个能干的吕先业，尤其是美丽小镇建设的事都由吕先业在具体牵头承办，王有根主要是发挥市里县里人头熟的优势，做些争取项目、资金的幕后工作。沈健老板能投资茶岗，林老板的引荐只是开了个头，后面王有根做的大量服务工作起了关键作用。

搞水产品加工，首先要建厂房，那就得有土地指标。搞土地整理，再调整规划前后就忙了几个月，才落实了五十亩的建设用地指标。接着是跑市农委、市财政局，争取农业产业化项目资金、申报农业开发项目，为水产品加工项目争取了近四百万元的财政补助资金。沈老板、林老板因此越干越带劲，越干越觉得选择到王有根驻村的茶岗来是选对了。

干脆建议镇里，再搞一批土地整理项目，把临湖的几个空心村复垦成耕地，为下一步引进新的项目预备土地指标。

高书记和镇长一班人看王有根不到两年就引进了几个项目，自然是十分高兴，因此对王有根的建议也是高度重视，不仅全盘接收，而且更进一步，把水产品加工项目东面的一块岗地开辟出来，建个工业园，先搞个一百亩起步区，今后有条件了再延伸扩容。

临湖的一些自然庄，因为时常经受着湖水上涨的威胁，村庄里面的人大部分已经搬迁到附近的岗地上，或者是进城进镇安了家，庄子里只留下几个土地情结浓厚的老人和三两条看家的狗。要是能够把这些村庄里的人安置好，通过复垦，走增减挂钩的路子，就能盘活土地资源。镇里便把土地整理和工业园建设当作一件大事来办，由镇长挂帅，分管副镇长带领建设办、国土所的同志抓落实。

水产品加工项目投产不久，林老板又请来了到湖北潜江考察时结识的华博士。华博士供职于武汉一所大学的水产研究所，带领团队成功从虾壳中提取了甲壳素、何盐、壳聚糖等产品，申请了一批专利。林老板请他来，想请他以技术入股，合作开发利用龙虾加工的下脚料。

于是，林老板和华博士合作的林华生物化工有限公司便在茶岗工业园破土动工，成为茶岗镇的第一家高新技术企业。

2017年春节，在江苏张家港创业的罗守文回乡探亲时看到家乡的变化，看得如醉如痴，当即决定把企业搬回来。

罗守文二十出头去张家港，在一家做相框的小作坊里打工，后来小作坊做大了，搬进了开发区，罗守文一直跟着老板，一干就是十来年。相框并不是什么高精尖产品，只是简单的劳动密集型产业，采购来塑料条、铝合金条和三合板、纤维板、玻璃，按照订单中的尺寸，切割安装就行了，做的主要是中东和欧洲地区的外贸业务。近年来，随着工人工资的上涨，利润不断摊薄，现在已经见底了。罗守文的老板开始琢磨着转行，业务就放手交给罗守文打理，还放出话来，厂子准备转手。

转手，却找不到下家。这种劳动密集型加工企业，在用工成本、土地价格不断攀升的苏南地区已经是淘汰的对象。老板决定在找到合适的投资机会后就放弃相框业务了，于是罗守文提出来接手做。老板看在罗守文夫妇跟着自己多年的情分，便将那些切割、打孔等设备半卖半送地给了小两口。罗守文在附近镇上租了个带院子的几间房子，把设备搬过去，把厂子里的业务接了下来。

干了一年多，一算账，除去工人工资和房租，几乎是白忙活。罗守文想要继续做下去，必须找个人工成本和房租低的地方。

回到茶岗，看着家乡的变化，特别是高速公路也通车了，把厂子搬回家成了不二选择。细细一算，仅房租一项就能省掉五十万元，还有用工成本也能降下来一大半。在苏南，一个工人管吃管住，加上买保险，一个月至少要七八千，在家乡不用管吃管住，一个月两三千就差不多了。

于是，罗守文的相框厂成了茶岗工业园承接的第一家产业转移企业。

相框厂不是村里主动引进来的，因为吕先业摸排时只知道罗守文在外务工，还不知道他已经开始创业当老板了。但来的都是客，王有根要求村里照样认真地做好服务工作。在得知相框厂建成后，遇到资金周转困难时，他便上门详细地向罗守文介绍了扶贫产业发展的一些扶持政策。在镇村的帮助下，相框厂通过带动十八个贫困人员就业，由这十八个贫困人员从县农村商业银行办理财政贴息小额贷款，入股相框厂，这样既解决了相框厂资金不足的困难，又解决了一批贫困人员的就业问题，还增加了贫困户的收入。十八个贫困人员，根据各自三至五万元不等的银行授信额度，共贷款七十八万元，这一下就解决了相框厂的燃眉之急。

机遇来了挡都挡不住。有一天下午下班后，王有根去镇食堂吃晚饭，本来因为接待一个来访的老党员多叙了一会，时候已经不早了，没想到还是遇见高书记领着一拨客人去食堂。

"来得早不如来得巧，王队长你也参加一下，这几位都是高速公路项目部的领导，是来联系工作的。刚刚我们去看了施工便道，现场研究了下一步的复垦问题，正好也涉及茶岗村。"书记接着便把王有根介绍给几位客人。

王有根知道镇里食堂接待多，不忙的时候都是早早地去食堂，要是忙的时候干脆就去迟一点，错开镇里接待客人的时间点去解决肚子问题，免得镇里领导见了不好处理，有些接待让王有根参加又不合适，再说陪陌生人吃饭也是一种负担。没想到这次来得这么迟还赶上了，可能是客人们多看了一会现场耽搁了时间。

陌生人聚到一起的饭局，自然免不了要叙叙籍贯、母校、经历、爱好等，一定要叙出个子丑寅卯来才肯罢休，有这番寒暄作铺垫，再叙出个扛过枪、下过乡、同过窗之类的交集或者是同类项来，后面的饭才吃得不至于太公式化。

有人总结，两位素不相识的人最多通过六个人就能够产生联系或建立关系。这个项目部的乔经理也是省农大毕业的，现在负责高速公路的绿化和施工便道复垦工作。王有根便提到杨凡平，没想到他们是大学同学，虽然同届不同班，但同住一座公寓楼，而且寝室就门挨门。乔经理说杨凡平不是去了和县吗？乔经理的家安在省城，但常年在工地上，和施工项目一起流动，与同学们的联系自然就少了，他还不知道杨凡平回乡创业的事。

他乡遇故知，把他喊过来！

乔经理负责绿化工作，那茶岗的岗地上是不是可以建个苗圃，能不能通过乔经理建立苗木销售渠道发展苗木种植？王有根想着等会不妨让杨凡平试探试探。联系好杨凡平，王有根便到食堂楼下去等。王有根说完建苗圃的想法后，杨凡平爽快地答应了，这事我做主了，他老乔要是不帮忙我就发动同学们一起批斗他。

随着杨凡平的到来，还没有开席的包厢里就迎来了一个高潮。

本来这次公务接待只能安排工作餐。听杨凡平与乔经理说起建苗圃的事，那这就是招商引资了，高书记很高兴，当即吩咐：加菜！上酒！按规定，招商引资接待客商是另外一个标准，关键的是还可以饮酒。

杨凡平与乔经理的亲密无间，立即拉近了两个陌生团队之间的距离。有了同学之情，加上酒精的催化，原本是公式化、程序化的接待，变成了联络感情、洽谈合作的交流，严肃有余甚至有些沉闷的气氛顿时融洽起来、活跃起来。

"苗圃的问题没有问题，问题的问题是没有苗圃。"几杯酒下去，乔经理满面春风地挥挥手。

"没有苗圃不是问题，问题的问题是有了苗圃后的问题！"杨凡平接着问题说问题。

苗圃的问题就在你一言我一语中慢慢细化。

就这样茶岗成立了绿景苗木种植合作社。王有根有意让杨凡平牵头来办，但杨凡平担心自己忙不过来，说自己不能贪大求多，不要到时候没饿死反而撑死了。就有专家总结房地产行业的一个现象：房地产企业从来就没有饿死的，都是撑死的，四处拿地铺摊子，恨不得盖上广厦千万间大庇天下寒士，资金不足就借贷，甚至是借高利贷，这如同是走钢丝、履薄冰，一有风吹草动资金链就断了，轻则变卖家产，重则"跑路""跳楼"。还是专心搞好蔬菜种植的好，有什么需要我出面来同老乔联系的义不容辞。

讲得很有道理，杨凡平毕竟一直在市场经济的大潮中搏击，见多识广有经验。王有根便让吕先业物色一个领头人，再带一批贫困户，以高速公路施工便道复垦的一百多亩土地为基础，搞起了苗木种植。

在王有根和林老板的邀请下，市蔬菜办的张主任也几次来到茶岗指导工作。现在来茶岗更方便了，住的是林老板的小院，吃的是杨凡平种的新鲜时蔬。张主任也是省农大的毕业生，不过张主任在校时，还叫省农学院。有了校友这层关系，张主任与杨凡平自然也就亲近了。

有一次，王、张、林、杨、沈几个人聚在一起，张主任又出了个主意，建议杨凡平和林老板沈老板合作，搞个蔬菜加工项目，生产冷冻蔬菜、脱水蔬菜，现在外贸市场很好，在日本韩国和欧美供不应求。

一石激起千层浪。张主任又在平静的水面上投下了一块石头。

几个人来了兴趣，围绕这个蔬菜加工的话题，兴致勃勃地热议了一个多小时。于是，几双手握在了一起，当即议定，以沈老板林老板的水产加工项目为基础，杨凡平参股，合作上一条蔬菜加工生产线。

这样又多了一条稳定的销路，而且是就近销售，杨凡平自然也乐意。刚建蔬菜基地时，他曾去过省城的蔬菜批发市场联系销路。刚开始是与几个批发商合作，每天通过网络联系，按时按量定点送货。茶岗这边每天下午采摘、装箱，晚饭后装车，连夜送到批发市场。但这样做难免会受制于人，比如豆角正大量上市的时候，那边要的量又不多，而且价格还压得很低，这边只能干着急。

第二年，杨凡平就尝试着到省城的蔬菜批发市场租个门面搞自营直销，正好赶上批发市场搬迁。省城的老批发市场就建在城郊的蔬菜大队，经过二十多年的发展，曾经的蔬菜大队早已成了城区的一部分了。当年建设时虽然预留了足够的空间，但终究敌不过城市拓展的速度，批发市场周边商住混杂、拥挤不堪、相互干扰，居民怨声载道、商户满腹牢骚，于是启动搬迁工程，退城进郊到城乡接合部的镇上购地一千多亩，建设现代化的物流园。杨凡平趁着搬迁的空当，到新区租下个铺面。正愁着由谁去打理铺面，家门兄弟杨凡青自告奋勇，提出让他的妻子刘海英去看铺面。这个刘海英经常在蔬菜基地干活，杨凡平也比较了解，觉得这个办事麻利的女人确实是个不错的人选，便欣然同意了。

杨凡青也是跟着吕先富后面买车跑运输的，杨凡平回乡建基地后，就请杨凡青定点往批发市场送蔬菜。跑多了，便在批发市场结识了一批朋友，头脑活络的杨凡青，想把即将初中毕业的孩子送到省城去读高中，享受更优质的教育资源，便打听可有什么好的办法。有个热心的朋友建议，五十五中就在批发市场边上，学校里正好有几个熟悉的人，可以帮帮忙。杨凡青就拿出这些年跑运输攒下的积蓄，在五十五中附近买了套二手房，正准备让刘海英到省城来陪读，要是能找个工作更好，实在找不到合适的就算了，自己每天卸完货也可以回家吃个热饭菜钻个暖被窝睡个安稳觉，改离家送货为拉货回家，变形单影只为双栖双宿。

"忽见陌头杨柳色，悔教夫婿觅封侯。"这些年为了改善生活，杨凡青没日没夜地在外面跑车，钱没有少挣，物质生活确实是改善了，却也冷落了妻子辜负了韶华，刘海英就有意无意地流露过空房之苦，抱怨过留守之痛。现在好了，有个看铺面的机会，不用另找工作，夫妻俩什么装货卸货清点过磅记账的程序能免的都免了，能帮着干的活就一起干，早干完早回家，趁着孩子上学的空当，好好地享受享受二人世界。

就这样，杨凡平搞起了产销一条龙。

纵然有产销一条龙，蔬菜大量上市的时候，不但价格上不去，而且还有批发不出去的风险。况且这时的杨凡平已经不是刚开始的单打独斗了，自从杨凡平的蔬菜基地见效益后，在基地里务工的乡亲们也被带动起来，先后有七八个人加入到蔬菜种植的行业里来，有独立单干三五个大棚的，有加入到杨凡平的蔬菜基地里来的。在王有根的鼓励下，杨凡平还牵头成立了茶岗蔬菜种植联合体，大伙都称之为"菜联体"。菜联体统分结合，内部分工协作、信息共享、互帮互助，对外抱团闯市场、集中采购农资。

蔬菜种植规模扩大了，销售也有了稳定的渠道，但杨凡平还是担心市场风险。现在搞蔬菜加工，就提高了抗风险的能力，价格低的时候可以放到冷库里存放起来，然后再加工外销。

张主任听说杨凡平在省城的蔬菜批发市场有铺面，便建议利用批发市场有内线能即时掌握价格动态的条件，除加工蔬菜基地出产的蔬菜外，还可以趁着产量过剩价格低从批发市场吃进蔬菜，缓解供大于求的矛盾，减少菜农损失和资源浪费，这样就不仅仅是双赢了，在赚到差价的同时还有很好的社会效益。

不仅有经济效益还有社会效益！听张主任如此这般地一说，几个人更是群情高涨。

就这样，林、沈几个老板又开始征地扩建、招兵买马。

一些在外务工的群众先后回乡，就近上班既能减少背井离乡之苦、亲人离别之痛，还能减少交通、生活等额外费用。

在家千日好，出门时时难。家里有活干有饭吃谁愿意外出讨苦吃。茶岗人的外出务工，缘起于1991年淮河流域的特大洪灾。

瓦埠湖正常水位 18 米，蓄洪水位 22 米，那一年雨季最高水位达到 24.46 米，地处岗地的茶岗集虽然安然无恙，但岗下的自然庄，农田被淹，房屋倒塌，受灾群众要么投亲靠友，要么被安置在镇上的学校、电影院里。

灾民们秋收无望。为帮助灾民解决生计问题，对口帮扶茶岗镇的县科委有个副主任，原籍苏州，看着无助的灾民，主动请命回家乡联系务工信息，于是一百多名青壮年远赴苏州务工，从此开辟了茶岗人的外出务工之路。

1991 年灾后，政府扶持，由信用社办理贷款，帮助灾后重建，因为耕牛大部分被淹死，农民开始购置手扶拖拉机，用"铁牛"代替了耕牛。手扶拖拉机的普及，带动了农业机械化的推进，进而大规模解放了农村劳动力，为农民长期外出务工创造了条件。伴随着粮价的徘徊不前、农资成本的节节攀升，种植业收益一降再降，在先期外出人员的示范带动下，茶岗人外出务工的规模逐年扩大。

城里一个家，农村一个家。城里的家是临时的家，又是长期的家，年头到年尾住了三百多天；农村的家是固定的家，却是短暂的家，年前年后住上十几天。在农村时想进城挣钱，到城里时想回家团圆。现在茶岗本地就有企业招工，本来就不愿意出门的茶岗人纷纷选择回家。

随着蔬菜基地、稻虾共生、水产加工、蔬菜加工等项目的相继开工、开业、发展，小小镇区布下了正在建设的污水处理站、污水管网、水产品冷库扩建、好又多超市扩建、镇政府家属区改造、镇南和镇北停车场、村村通道路拓宽、工业园二期等十来个工地，茶岗进入了大建设大发展的时代。

在外出务工人员纷纷回乡的带动下，茶岗集的人气日渐兴旺，运输物流、餐饮住宿、商贸等服务业也日益兴盛起来。镇上唯一公办的幼儿园人满为患，于是催生出两家民办幼儿园。商贸街空置的房子也先后住上了人，前几年无人问津的房子销售一空，开发商眉开眼笑地借势启动了二期工程。

杨老书记提出发展集体经济、增加集体收入的建议，王有根一直牢记在心。征地拆迁可以按照百分之五的比例从征地补偿款中提取协调费，这些项目建设下来后，村里先后拿到了近一百万元的协调费。早在协调征迁水产品加工项目的五十亩工业用地时，即收入了三十万元的协调费。怎么处置这些收入？怎么保值增值？在村班子会上，王有根把茶岗的发展前景分析给大家听，提议趁着商贸街门面销售遇冷的机会，以村里的名义在靠近二期项目的地段抢先购置几间门面作为村里的固定资产，将来茶岗镇发展起来了，商贸街由冷变热了，可以再变现，也可以通过出租为村里带来固定的集体收入。大家觉得这是个好主意，便决定让村委会主任杨凡友去办，并且要趁机压压价。

杨凡友拿着三十万元，几乎按照成本价一口吃下六间门面。王有根很惊讶：三十万能买六间？杨凡友解释说是按照首付百分之五十拿下的。

好，办得漂亮！王有根心想，这个杨凡友历练得可以了，办事有魄力，还颇有经营头脑。后来茶岗的发展，证明了王有根的判断是准确的、高明的，杨凡友的操作是果断的、正确的。三十万元拿下的六间门面两年后就升值为一百二十万元，除去后来分期付出的三十万元，净增值六十万元，现在每年都能收取六万元的房租。

12

驻村扶贫工作队的主要任务是扶贫，王有根给自己定下任务，平均每周至少安排两天走访贫困户。除有计划地到各个村民组去走访外，只要有空，王有根还喜欢随机走访，走街串巷访民情、进村入户问民意。

一天午饭后，王有根出去随意走走，不知不觉转进了老街，远远地听见随风飘来依稀的麻将牌与麻将桌的撞击声。王有根早就想去麻将馆看看的，择日不如撞日，不妨现在就去。

茶岗是搭庵卖茶起的集，有着打麻将的传统。过去，逢集的时候大家各忙各的，闲集的时候便凑在一起，泡泡茶馆、打打麻将，谈谈买卖、吹吹生意经。

只不过现在的茶岗，打麻将的是以家庭主妇和老太太们为主，老少爷们更多的是掼蛋、喝酒。

麻将馆窝在老街的角落里，要不是循着麻将的撞击声，还真不一定能找得着。王有根不由得想起自己居住的"万树城"小区来，当年买房看房时就有句广告词"树是回家的方向"，现在回想起来觉得可笑，小区的绿化也就一般般，哪里有什么"万树"，哪里有什么"树是回家的方向"，房地产商的噱头营销而已。面对激烈的竞争，房地产商挖空心思地制造卖点，导致小区楼盘取名乱象愈演愈烈，贪大媚洋者有之，求怪媚俗者有之，贬低他人者有之，小题大做者有之，动辄就是皇城、国际城、花园城之类哗众取宠的名称。

但在这里，麻将的碰撞声实实在在地指引着麻将馆的方向。

说是麻将馆，其实是一座老宅院，占地约三百平方米，前面是门厅和废弃的厨房，后面是三间瓦房。水泥硬化的庭院平整干净，三间房子里各有两张麻将桌，空调、电风扇、饮水机一应俱全，一中年妇女正在给激战的麻友们添茶倒水。

陆续有人加入进来，静悄悄地观战，人手凑够了就新开一桌。

麻将馆里一片嘈杂，和牌声、报牌声、出牌声、叫牌声此起彼伏，欢笑声、叹息声、埋怨声、催促声不绝于耳，喝水的、抽烟的、交谈的、逗趣的交相呼应，喜形于色的、不动声色的、察言观色的、勃然变色的、和颜悦色的形态各异。

"王队长，三缺一，来玩一圈？"

"难得有领导来视察，来来来，与民同乐嘛。"

"王队长，来抓赌的呀？我们都是良民，只玩不赌。"见到王有根，麻友们招呼起来，有自恃同王有根比较熟悉的，还不忘逗逗趣。

"大家玩，大家玩，我不会，随便转转。"见此情形，王有根便踱步离开。

从麻将馆出来不远处便是村卫生室，村医罗守进的家就住在卫生室后面。王有根转进村卫生室，心想这也是个随意走访的好地方：卫生室里人来人往，加上病人打吊水，有的是空闲，因此成了老百姓传播信息的一个枢纽。

"罗医生好。"王有根转进卫生室时，罗守进正背对着门给病人换吊水。

"王队长，稀客呀。"罗守进扭头看到王有根进来，问道，"有什么不舒服吗？"

"没有没有，路过这里，进来看看，不耽误你工作吧？"

"欢迎欢迎，请坐请坐。"

"看的什么好东西？"卫生室内沿墙放着三张病床，王有根看见病床上躺着个人，边打吊水边目不转睛地看着手机，定睛一看，是个十七八岁的小伙子。

"你不认识吧，这是杨老书记家的孙子。"罗守进边敲着皮管里的气泡边说，"就知道看手机，吊水打完了也不知道喊一声，还是那个大爷提醒，你看，都回血了。"

"现在的年轻人，天天是手不离机，在家看、走路看、骑车也看，那新闻播的，有个年轻女孩坐电梯时都目不转睛地看，结果被电梯门活活夹死了。"说到手机，罗守进不由得发起了感慨。

"谁说不是呢？要是读书上学有这份劲头，那肯定能考上清华北大的。"正在打吊水的大爷接上说，"那天我去修面，就是那个开理发店的老杨，他家女儿上学眼睛都没有近视，回家看手机倒把眼睛看近视了，你看看，这都是什么事？"

"我们小的时候，还没有手机，要么看看小人书，要么到外面乱跑。那时村里街上时常有说书的唱戏的，还有锣鼓队，现在想起来还蛮有意思的。"王有根一边听一边附和，心想何尝不是呢？不少人除了睡眠之外，时时刻刻在刷屏，一旦手机离手便会失魂落魄。从早刷到晚，刷来刷去净是些无聊无趣的信息，过度的信息消费没有刷来内心的充实，反而是越刷越空虚，对屏上的事无限好奇十分关心，对身边的人反而冷漠甚至是麻木。

不经意间，王有根这句话起到了抛砖引玉的作用。说到锣鼓队，罗守进打开了话匣子。

"自从分田到户，大家各忙各的，后来又开始兴起外出打工，镇上的文化活动日渐稀少，集体的观念逐渐淡薄，现在除了跳跳广场舞，就是老的看电视打麻将，小的看手机玩游戏，其他什么活动也没有了。"

"不是有电影下乡、送戏进村吗？"王有根说。

"时不时有一次，一年也就一次两次。文化活动要经常搞才能聚人气，才能培养年轻人的兴趣，否则起不了什么作用。"知屋漏者在宇下，看样子罗守进对这个问题颇有一番思考。

养成一种习惯至少需要二十一天，一年仅靠一两次的文化活动确实远远不够。过去每年王有根回来几次，对农村变化的认知主要在物质层面，房子盖高了、家电升级了、轿车下乡了。因为他每次回来大多是逢年过节或者是赶上亲友家的红白喜事，看到的听到的自然与平时不一样，农村平日里精神生活的匮乏被那些热闹场景所掩盖，所以对农村精神层面变化的认知是片面的、肤浅的。到村里住下来后，深入到乡村的肌理中，王有根才深切感受到问题所在：现在农村的精神文明建设弱化了，针对群众的思想政治工作也淡化了，比如村里的图书室、镇里的文化站几乎成了摆设，上级只管建，至于适用不适用、有没有管好用好则问得不多或者是管得不到位，钱没有少花，效果却了了。物质上的扶贫固然重要，精神上的扶贫甚至更为重要，看来扶贫的任务比想象的要艰巨得多。

曾经繁荣的茶岗，历史上也曾是江淮之间乡土文化的一片沃土，集上的文化活动就很丰富，常见的有说大鼓、舞龙灯狮子灯，还有个远近闻名的锣鼓队。逢年过节四大家族争相出钱请来庐剧、推剧、花鼓戏的草台班子演上一两场。常演的曲目是《小辞店》，讲述的是住店客人与老板娘柳凤英的"自由爱情"，故事情节跌宕起伏，柳凤英遭遇包办婚姻令人叹惜，动情处更是直戳泪点催人泪下，那真叫共鸣无限百看不厌，四乡八里的男女老少都爱看，时至今日还流传着"茶岗集，有点厌，一天三遍《小辞店》"的俗语。只是现在，随着新兴传媒的发展和外来文化的传播，加上外出务工的兴起，茶岗的传统文化已渐行渐远。

虽然是个学医的，但罗守进是看着庐剧推剧、敲着锣鼓听着大鼓长大的，身上更多的是文艺细胞，当年上卫校时就爱唱爱跳。说起传统文化来，罗守进便进入了角色，回味起曾经丰富多彩的文化生活，眼睛里透着光泽，情不自禁地流露出满满的自豪感。

正在输液的老大爷也掺和进来，说罗医生打小爱玩锣鼓，嗓音高远，擅长"随风插柳"，是罗老爷子钦定的接班人。

"随风插柳"是沿淮花鼓戏中的术语，意思是随着锣鼓节奏，根据现场情景，即兴表演，现编现唱。

"那都是过去的事了。"罗守进安顿好几个病人后，领着王有根来到卫生室后门外的一间杂物间。锣、鼓、钹就散放在杂物间角落里的一只木架子上，上面掩着一层编织袋。

"好长时间没有玩了，鼓都重喽。"罗守进掀起编织袋来，纵然是轻轻地慢慢地小心翼翼地提起，也免不了扰动袋子上积攒的浮灰，一团尘烟便在小屋里升腾起来，进而弥漫到各个角落。

"镇上玩锣鼓的还有多少人？"

"七八个，都是老杆子，我在里面算是年轻的，最大的是我们罗家的罗老爷子，八十六岁了，是罗家班老一辈的传人。以前还经常搞，碰到镇上谁家有什么喜事，都请我们去闹腾闹腾，现在不兴这个了。罗老爷子相了半天，没有找到合适的人选，只好将就着传到我这里了。"罗守进边抹着鼓面的灰尘边说。

"你别谦虚了，我知道你这个玩得好。"

"本想凑合着传下去，可是你看，传到我这里眼看着就要绝了。他们都说罗老爷子不该选我，笑话我罗守进这个名字取得不好，不吉利，罗守进，锣守尽，就是给罗家班守孝送终的。"罗守进心情沉重地说。

"不会的不会的，胡扯！你这个进是进步的进，应该说是守得云开见日出，是百尺竿头更进一步的意思。"王有根微笑着来了个顺水推舟就汤下面，也拿罗守进的名字戏说一番，末了还建议，"有空再闹闹？"

"王队长，你要想听，我就约几个人来耍耍。白天都忙，只有晚上。"

"那就今天晚上，吃过晚饭，我们去村广场上去热闹热闹。"

罗守进说的罗家班远近闻名，是全县锣鼓的四大门派之一。

四大门派其实同根同源大同小异，据传都是源于战国时期，一是祭天祭地祭祖时用来驱魔避邪，二是节日庆典仪式上用来营造气氛。这一传统文化雅俗共赏，深受达官贵人和黎民百姓的喜爱，因此历经千年不断，可谓源远流长。

罗家班的演奏也是以主锣手领头指挥，辅以鼓手指挥，鼓锣交替领头，动静结合。发源于江淮地区的罗家班，演奏效果既具有南方"十番锣鼓"的舒缓、柔和，又兼有北方"威风锣鼓"的高亢、激昂，被誉为"会说话的锣鼓"。循着咚咚鼓声和锵锵锣声的变幻，恍惚中可以看见祭天祭地拜祖宗的图景，或者是载歌载舞庆丰收的情形，抑或是铁马秋风战沙场的场面。透过锣的低语、鼓的缠绵和钹的厮磨，隐约间可以听到采桑采莲时哼唱的小曲，也可能是男耕女织时的逗趣，又像是有情男女的追逐嬉戏。

演奏的乐器，不限于鼓、锣和钹，通常有大筛锣、大腰鼓、大钹、小钹、小锣、云锣，品种多则声调更为丰富、声色更为丰满、声域更为丰厚。演奏的乐谱，综合江淮地区传统的"十八翻""花鼓歌""长流水""凤凰三点头"等锣鼓谱的精华。演奏者少则三五人，多则数十人不等。日常娱乐没有服装要求，在正式的演出场合则配备以红黄为主色调的演出行头，下着灯笼裤或者宽脚裤，上身外套短坎肩，头扎红头巾，额戴黄绒球，类似京剧里武生的打扮。

改革开放初期，罗家班还经常应邀参加各种演出，锣鼓声响彻集镇街头和乡村田间，有几个人还被县文化局请去集训，参加省里的国庆晚会，最风光的是参加了央视"心连心"艺术团赴大别山革命老区慰问演出。近年来，随着年轻人的外出，罗家班与各种传统文化一样面临着后继无人的尴尬局面。县里还以县城的宋家班为主体，申报了省级非物质文化遗产，从县直机关的干部职工中抽出一批青年充实县锣鼓队，但这些活动主要集中在县城，乡村的锣鼓队大多已经难以为继了。

之所以选定罗守进接班，爱好而且确实玩得不错只是原因之一，更为重要的是罗老爷子看得很清楚，面对锣鼓演出市场日渐萎缩的发展趋势，罗守进是村医，有份体面的工作和稳定的收入，在村里集上也算个有头有脸的人，只有他才有条件担当起传承罗家班的重任。

在罗守进的召集下，刚吃罢晚饭，几个老杆子便陆续来到罗守进家，准备趁着广场舞还没有开场，到广场上先闹腾一会儿。那些落满了灰尘的家伙，已经被罗守进擦拭得干干净净。几个人分工、彩排后，在罗守进的带领下，簇拥着罗老爷子向广场进发。罗家班已经好长时间没有演出过了，一路上吸引的都是好奇的目光。不断地有小孩子加入进来，蹦蹦跳跳地跟在后面看热闹，罗家班的队伍便长出了尾巴，越长越长。

村里没有建广场时，大姑娘小媳妇们便在好又多超市、粮站、小学等单位的门前空地上，因地制宜因陋就简一小拨一小拨地跳。因此，一到掌灯时分，镇上从南到北，有七八拨人翩翩起舞，舞曲声此起彼伏，影响了学生们学习、婴儿和老人们休息，导致邻里闹得鸡犬不宁。村里广场建成后，大家都转移到广场上来跳，场子大了，又远离住户，学习、休息、健身互不干扰，因此跳舞的队伍也就日益壮大了。

广场从东到西约定俗成地分成了四块，除篮球场那一片是篮球爱好者和老少爷们的地盘外，余下的三块分别被大妈、大嫂、少妇三个不同的广场舞团队占领。王咏梅和夏小惠都曾经在少妇队领过舞，尤其是夏小惠的舞跳得是美不胜收，毕竟是"城里人"，打小练过形体操、走过模特步，那身段、那眼神，吸引了好多男人的眼球。就有那么几个后生，借散步之名，到广场上来看夏小惠跳健身舞，看那窈窕身姿、看那善睐明眸。只不过先富"走"后，夏小惠就没有再来跳过，忙家务、带孩子且不说，也没有了那份心情去跳舞。

吃完饭，罗守进一干大老爷们，嘴一抹便出了门，广场舞的主角们，吃过饭没有半个时辰是出不了门的，有的要刷好锅碗，有的还要捯饬捯饬，更不要说梳洗、换装等必不可少的环节。

罗守进带来的确实是个"老"队伍，包括腰板佝偻手持竹杖的罗老爷子。几个人分执锣鼓钹，站成一圈。自然是大锣先响，其他跟进。

外行看热闹，内行看门道。王有根听不出门道，只见咚咚锵的锣鼓声一响起，几个老人仿佛全身的细胞都被激活了，如同年轻了十几岁几十岁，表演中不时夸张地抬腿、舞臂、甩首、撑胯，完全进入了角色。锣鼓则是时而音律轻柔如蜻蜓点水，时而又节奏明快似暴风骤雨，时而浅吟低唱、如泣如诉，时而高歌猛进、荡气回肠，听得是心潮奔涌、跌宕起伏。罗老爷子弃竹杖、挺腰背，提锣执锤，敲打间意气风发，十余斤重的大铜锣在他手里把玩自如。王有根一看这架势，心想罗老爷子毕竟已是耄耋之年，不可贪玩，便凑到罗守进跟前朝罗老爷子努努嘴，再贴到耳边提醒注意休息。

"罗医生，唱一段。""对、对、对，唱一个唱一个。"这时，正好有旁观者凑在一起起哄。罗守进就势招呼大家歇了下来，接着半推半就地来了一段"随风插柳"。

"锣鼓一打咯噔噔，热烈欢迎王队长来到茶岗村。入户走访来串门，和我们群众来谈心。知心话儿对你讲，希望能把农村的情况带到上层。"

"蒙蒙小雨不离天，麻雀不离瓦屋檐。燕子不离高粱上，小蜜蜂不离后花园。老百姓生活一年更比一年好，离不开党的好政策在人间。"

"好好，唱得好。""跳起来，边唱边跳。"围观的又是一阵起哄，有的则是不断叫好。

"长时间不跳生疏了，年龄也大了，只怕跳不动啰。"罗守进摇摇头说。

时间过得真快，刚刚夕阳还挂在天边，把湛蓝的天空上飘浮着的几片奇形怪状的云朵染得红彤彤的，如同一幅意象派的油画。转眼天色逐渐暗淡，天空由湛蓝变为深蓝，广场舞的组织者们已经开始调试音响，大妈、大嫂、少妇们陆续进场，有的已经开始热身，有的则借机叙起了家常，女人们总有无穷的话题叙不完的话。今天广场上多了支队伍，而且动静很大，自然打破了往日的平衡。暮色中翻滚的锣鼓、圆熟的唱腔，唤醒了年长者的记忆，吸引了少妇们的好奇。平日里追逐嬉戏四处乱跑的小孩们也停下脚步安静地围观，就是震得耳膜发痒，宁可捂着耳朵，也要图个新鲜凑个热闹。

几个老男人，敲着唱着，渐入佳境，丝毫没有停下来的意思。聚一次何其不易，好久没有这样闹过了，还不抓住这个机会，放肆地敲、尽情地吼，把尘封的锣鼓敲得震天响，把积攒的热情肆无忌惮地宣泄出来，似乎要向乡亲们宣示：我们没有老，罗家班没有散。

"这么好的锣鼓，也不见你们玩？"

"再不玩，就失传了。"

看客中有几位青年，摩拳擦掌跃跃欲试，也想尝个新鲜。罗守进看到几个领舞的大嫂少妇不停地朝这边张望，知道自己几个老男人进入了她们的领地，吸引了她们的观众，抢走了她们的粉丝，扰乱了她们的秩序，便说："天不早了，收家伙吧。"于是，便在尴尬中"收兵回营"。

"啊，不玩啦？什么时候再来啊。"罗老爷子念叨着，意犹未尽的心情溢于言表。随着世情的变化，一面是物质丰富后不断膨胀的文化需求，一面是农村传统文化生存的土壤不断地被侵蚀，先进健康的文化一时还没有补位到边、渗透到底，客观上把乡亲们一步步"逼"向电视屏手机屏甚至是酒桌麻将桌。

看着罗守进一干老男人的背影，王有根心想，美丽小镇初见雏形，道路、水利、农电等基础设施建设，光伏、养殖、商贸等产业脱贫工程，就业、健康、社保、金融等扶贫措施都在按照计划有序推进，看来现在应该能腾出手来，筹划办夜校的事了。

13

　　逮鱼抓虾已经成为杨凡齐生活的一部分，既可以让餐桌上多道美味，又能给家里增加收入，自己乐此不疲，家人也投其所好。自从老伴生病，他整天忙前忙后，只好恋恋不舍地放下了这鱼虾营生。平常在外面跑惯了，这一停下来，杨凡齐浑身不舒服，成天懒洋洋的。

　　家里没了老伴收拾，四处乱糟糟的，要不是王有根队长请回来杨凡平，这家里可能就那样蔫下去了。杨凡平回来后，自然就住在大哥家，杨家的院里便多了笑声、多了生机。

　　老伴手术后，经过几个月的调养，恢复得还不错，争强好胜了几十年的她是不会轻易低头的。老伴知道杨凡齐一直恋着他的鱼呀虾的，便提醒杨凡齐："你看，我这好多了，现在杨凡平回来了，成天地在外面忙，都累瘦了，你有空再去抓些鱼虾回来，也给他补补身体。"

　　杨凡齐又拾起心里一直没放下的鱼虾营生。

习惯了早睡早起的杨凡齐，看了一眼身边熟睡的老伴，悄悄地像条泥鳅样溜下床，轻手轻脚地推出自行车，准备向他的鱼虾王国出发。在出院门的一刹那，蹲在墙根的小黑蹿上来，挠了挠杨凡齐的裤管，赶在主人出门前打个招呼。杨凡齐轻轻踢了一脚小黑，踏上车，一头扎进黎明前的黑暗里。

天边刚露出晨光时，杨凡齐来到了他的第一块领地——莲塘。昨天傍晚在莲塘四周的小水沟里下了十二只鳝笼。四月里乍暖还寒的鬼天气，是鳝鱼们自投罗网的时节。凭经验，今天应该收获不错。

果然，十二只鳝笼都没有空，有几条大黄鳝，还有泥鳅，少说也有三四斤。

东边天际的晨光像棵树一样，迅速长大，把笼罩大地的黑幕撑起、撑开，撑得亮堂堂的，不远处高速公路的工地也跟着喧闹起来。杨凡齐揣着副好心情，挂着满脸的自信，轻快地转移到他的第二块领地。

可惜的是杨凡齐这逮鱼抓虾的秘技可能要失传了，两个女儿对这个都不感兴趣。感兴趣又怎么样呢？都住在城里，上哪派上用场？大女儿在苏州打工时自由恋爱远嫁湖南湘潭，那确实是个好地方，女婿也不错，回到湘潭搞个装修队，小两口带着个小孩，忙得团团转，遗憾的就是路远了点。前些年去湘潭，女婿还带杨凡齐老两口去了趟韶山。有着二十多年党龄的杨凡齐，终于实现了瞻仰毛主席故居的愿望。小女儿杨燕正在上海读硕士，准备毕业后报考本校著名教授的博士研究生。

太阳完完整整露出来的时候，杨凡齐已经收完了他的鳝笼。看着竹篓里挤来钻去的黄鳝、泥鳅，他满意地掏出根烟来打打气。到了集上，至少能换回一张红彤彤的"老人头"。

今天逢集，沉寂了一夜的茶岗早早地苏醒过来，还没有等到日出，便已是人头攒动、人声鼎沸了。老杨刚到集头，茶岗大酒店的采买罗胖子远远地打招呼，还有几个人也围过来，罗胖子抢先说：我包了，我包了。

看来今天店里有酒席，得要个好价钱。他留下了几条黄鳝准备烧了给弟弟吃，剩下的全给了罗胖子。杨凡齐接过一百四十块钱，喜滋滋地径直来到肉案前，砍了两斤排骨，准备回去给老伴炖汤。昨天女儿来电话说今天要回来，给她买点什么菜呢？这让老杨犯了难。杨燕打小爱吃鱼虾和青菜豆腐，不爱吃肉呀鸡的，鱼虾自然不用买，瓜果青菜自家地里也有现成的，那就买块豆腐吧。

"杨大哥早！"王有根刚慢跑了一会，正不紧不慢地准备遛到镇食堂吃早饭，看到推着自行车的杨凡齐，便远远地打招呼。

"王队长好！"这个市里派来的王队长，在得知自己老伴生病后，就把自己家列为贫困户了，又帮着申请大病救助，说这是因病、因学致贫，等大嫂恢复好了，杨燕毕业工作了，一切都会好的。杨凡齐觉得是这个理，入党二十多年了，他从没向组织提过困难，老伴动手术借了些钱，其实这只是暂时遇到困难，我这身体硬朗着哩，我的鱼虾王国，没有人跟我竞争，竞争也竞争不过我，一年还能捞个万儿八千的。现在又给弟弟管理大棚，一年下来又有两万多。

"买菜呀。"

"也没有买什么，丫头喜欢吃老豆腐。"

"杨燕回来啦？"王有根知道，杨凡齐是二女户，他讲的丫头应该是在上海读研究生的杨燕，大女儿嫁得远，没有特殊情况不到过年是难得回来的。

"没有，昨天打电话说今天回来，看看她妈。"

"杨燕可是杨家飞出的金凤凰，也是我们茶岗的骄傲。大嫂最近还好吧？有空我去看看，还有杨凡平。"杨燕的事，王有根听杨凡平说过，有段时间没有去杨家了，觉得该去看看了。

"好，好，好着哩。谢谢王队长，谢谢王队长。"

"谢我什么，是党的政策好。"

有次闲聊，说到侄女杨燕，杨凡平评价说，我这个侄女，虽说还在上研究生，但跟我不一样，我就是书呆子一个，她小小年纪却遇事有主见有分寸办事有板有眼。大嫂到上海做手术时，都是她联系的医院、医生，一忙一个多月。

第二天下午，王有根接到杨凡平的电话，说是晚上在一起叙叙，杨燕想见见"敬爱的王队长"。

原来是金凤凰杨燕久闻王有根大名，先后听父母、叔叔还有镇上的发小们说过王队长的故事。这次回来，又亲眼目睹了茶岗的变化，不仅外在的变化让人惊喜、惊讶，更重要的是茶岗的变化深入肌理。两年多来，镇上居民的精神面貌大有改观，现在大家见面谈论更多的话题是信息、是机会、是发展、是创业。骨子里的变化，带来了更多的笑声和四大家族的和谐。

金凤凰私下里同杨凡平说，上次回来看到茶岗发展的势头这么好，回上海后就在思考，自己是不是也该向王队长和小叔学习，回家来干事创业，这次回来后就更坚定了信心，决定不再回上海了。

"听说你要读博的，怎么改主意了？"

"树欲静而风不止，子欲养而亲不待。父母年龄大了，尤其是母亲身体又不太好，姐姐嫁得远，我还是回来吧，不想以后再后悔。"

"那岂不可惜了，你已经站在新的平台上了，应该发展得更好。你父母现在状况还好，再说有我在家，还有你二叔一家。"

杨凡平知道杨燕是个有主意的人，自己说什么她不一定能听进去。再者，自己听了杨燕的想法，也觉得有点意思，但又拿不准，因此想听听王有根的意见。叔侄俩就商定，暂且不同杨燕的父母亲说，先听听王队长的意见。

三人一见面就聊得起劲。杨燕自然是从茶岗的变化说起，王有根则解释说，这不仅仅是茶岗一个地方在变化，自从开展精准扶贫以来，很多像茶岗这样的地方都发生了翻天覆地的变化。你也就不要为我戴高帽子了，我只不过是为家乡做了点穿针引线的事，这不但是我的工作职责，而且是我们茶岗后辈们应尽的责任。

正如王有根说的那样，精准扶贫、脱贫攻坚出台了很多优惠政策和有效措施，支持贫困户和落后地区发展。只不过茶岗除了推进脱贫攻坚外，又开展了美丽小镇建设，扎实推进了产业结构调整，这三项工作叠加在一起，效果自然就更明显了。

"你准备怎么干，说来听听，让我也开开眼界。"当金凤凰说也要回乡创业，王有根就问。

"我有个大学本科时的同学，住一间寝室的，她在杭州工作，就在阿里巴巴总部。前段时间我去了一趟杭州，参加她的婚礼，顺便到信息港、云栖小镇等地转了转，大长见识。现在个人创业也好、企业发展也好，一要抢抓机遇，二要不断学习，三要解放思想。不是说先把书读好了再去创业、再去发展不行，而是说可以边创业边学习，这样可以学以致用，可以带着问题去学，学习的效率更高、效果更好。否则读了博士，有可能学的都是些没用的东西，或者是用不上的东西，花那么长的时间只是为了拿个学位、争个名分，我觉得是得不偿失。"杨燕娓娓道来。

"我想回来做电商，现在国家正在大力发展电子商务，淮滨市也在鼓励发展数字经济，引进了超算中心、数据中心，借这个机会，利用这个平台，我到市电商产业园开个电子商务公司，建设阿里巴巴·淮滨产业带，让本土企业入驻，开个网上店铺，帮助传统企业实现商务电子化。第二步，再到省城去开实体店，形成线上线下一体化发展，把我们的名优特产，尤其是无公害、绿色和有机农产品卖出去，开展电商扶贫。"杨燕接着说道。

"等公司走上正轨后，再推进电商下乡，先在茶岗开个电商实体店，可以替乡亲们上网淘东西。现在上网购物的主要还是年轻人、城里人，我开了这个店后，可以让乡亲们也像他们一样，享受网上购物的快乐。如果这个实体店开成功了，就在全县、全市甚至全省推开。当然，这个乡镇实体店带有公益性质，只要保持微利甚至保本就可以了，主要是抢占市场，先入为主，占据乡镇电子商务的好市口，为下一步的发展打好基础。我想，这一块即使我不做，很快就会有人来做的。"停顿了一会，杨燕说出了她的第三步计划。

"主意是个好主意，只是这样的事，让我们茶岗的金凤凰来做，有点屈才了，上海名牌大学的硕士，回家开个网店，有点不般配，有点离谱。"王有根听明白了，觉得这个杨燕考虑的确实挺周全、挺深刻的，不由得想起陶行知改名的故事。

陶行知本名陶文濬，因为欣赏王阳明"知轻行重"的主张和"知是行之始，行是知之成"的观点，遂改名为陶知行。后来在实践中他改变了看法，深刻地认识到"行是知之始，知是行之成"，在发表的《行知行》一文中写道："自从亲自到民间打了几个滚后，才觉得我们有好多主观的意见都是错的，没有效验的。"于是他再次改名为陶行知。

杨燕说的不是没有道理，只是王有根心里觉得杨燕从上海回到淮滨这个小地方开个小网店，落差有点大。

"没有什么屈才之说，学什么跟干什么没有必然的关系。你看王叔叔不也从市里来到村里，担任个没有级别的队长了吗？爱国不分先后，干事不分大小。大的干不好，还不如从小事做起。再说了，开网店，做电商，只要有好产品，物流跟得上，在哪里开那是次要的，网上可以买全国、卖全国，有实力了还能做到境外去。在芜湖市，就有家做电商的企业，叫'三只松鼠'，就是几个大学毕业生创办的，现在全国闻名，销售收入都上百亿了。"

"理是这个理，但还是要三思而后行，谋定而后动。"三人议来议去，谁也没有说服谁，因此也就没有议出个什么结果来。

杨燕心想，奶奶倒不怕，她又不懂这些，就怕惹母亲生气。第二天，她就把自己的想法先和父亲说了，想让父亲慢慢地透露给母亲。杨凡齐得知女儿的想法后，对金凤凰说，你妈的事有我，你该硕硕该博博，不要瞎胡闹。但杨凡齐没有拗过女儿，这一点成了他的一块心病。

令杨凡齐没想到的是，老伴倒是看得开，说女儿都二十六岁的人了，不能再念书了，你看电视里的相亲节目上，多少读了博士的女孩子家，有的都三十岁了，愣是看不上人家，地误一季子，人误一辈子。

本来，杨凡齐对杨燕放弃读博回家是很有意见的，水往低处流，人往高处走，哪有从大上海回到这穷乡僻壤的道理。杨燕解释说，你看现在通信这么方便、交通这么发达，在哪里其实都一样，地球都叫地球村了，在家乡水好空气好、人熟地熟，我觉得没有什么不好。任凭金凤凰怎么说，杨凡齐就是想不通，坚决反对。

后来听老伴这样说，杨凡齐转念想想，也对，就像下鳝笼一样，过了这个村就没那个店，二十六岁是不能再读书了，就该成家、就该生儿育女了。就由她去吧，年轻人有年轻人的想法，更何况古言道，儿孙自有儿孙福，莫为儿孙作远忧。

金凤凰的母亲才不管什么硕士博士，什么创业事业，她只知道女孩子到了年龄，成家生孩子才是硬道理。这金凤凰一个人在外，父母是鞭长莫及，现在回到父母的身边，看得见摸得着，就少了一份担心。

于是，金凤凰就带着她的梦想飞了回来。

杨凡平打心眼里高兴，觉得侄女比自己强。当年自己是去寄人篱下，杨燕一出校门就直接创业，一出手就直奔主题。就冲这一点，杨凡平觉得自己这个做叔叔的一定要支持她，不管她的选择是对是错，不管她的创业是成是败，这都没有关系。自己不也是走了弯路吗？在和县折腾了十几年，如今不也挺好的吗？

现在的创业环境真是好，电商产业园的物流仓储、技术支持、食堂公寓、创业资助、小额贷款等各种配套服务和鼓励政策一应俱全。金凤凰电子商务有限公司便在淮滨市电商产业园的企业孵化器里诞生了。

金凤凰的公司虽然不是落户在茶岗，但创业成功后有可能回茶岗投资发展，即使不回茶岗也没有关系，毕竟是回淮滨创业，王有根也力所能及地搞好服务，先后专程陪同金凤凰来到市农委、市经信委、市工商联，在专家们的推荐下，先后到本地一些名优产品生产企业去对接，签订合作协议。就此，淮滨的一批传统企

173

业又多了一个对外的窗口，多了一条销售渠道。快餐牛肉汤，瓦埠湖老三秀瓦虾、银鱼、毛刀鱼和新三秀红菱、芡实、毛蟹等一批土特产悉数上线销售。特别是碗碗香有机大米、桶装快餐牛肉汤，脱颖而出，销售火爆。

有一次，在王家面馆吃面，王有根发现了百年老店经久不衰的秘密。王家做的酱尤有特色，辣而不咸，咸中带甜，就这酱引来了众多的回头客。王有根就鼓动面馆老板把他家的特色酱做成小包装，打出"百年面馆、王家小酱"的招牌，通过金凤凰公司上网销售。

没有想到这一尝试便一发不可收拾，王家小酱一炮走红，惹得准备不足的王家面馆一下卖断了货。王老板便把面馆的生意交由妻子打理，自己带着儿子准备大干一场，专心做好王家小酱的文章。

14

办夜校，必须开好头才能起好步。

要想开好头，就要想得周全、准备得充分。办成什么样的夜校？为谁办？谁来办？怎么办？这几个问题一直困扰着王有根。如果不把这几个问题想清楚、解决好，夜校就有可能半途而废，有始无终。

应该回家听听田静怎么看、怎么说，搞教育她是专家。

田静和孩子就喜欢吃茶岗老家小菜园里种的新鲜时蔬。王有根先打电话到小王庄，请父母摘些新鲜蔬菜，自己一会儿开车去取了带回去。自从王有根回村扶贫后，父亲便扩大了菜园增加了品种，就是想着让儿子能带些自己种的蔬菜给媳妇和孙子吃。

晚饭后，趁着孩子到学校上晚自习的空档时间，王有根向妻子和盘托出自己办夜校的想法。

"你就别瞎折腾了，把正经的事办好。"田静坐在沙发上边叠衣服边听着王有根说话，听说要办夜校，心想这个王有根又要出什么蛾子。

"办夜校功在当代利在千秋，不但是正经事，而且是正儿八经的正经事。"接着王有根把茶岗传统文化的没落、农民精神生活正面引导的匮乏讲给妻子听，把进村以来的感悟和办夜校的初衷一一道来。

扶贫要在发展上帮扶、在精神上引领，发展上帮扶可能很快见效，但难以持久，精神上引领效果虽然来得慢些，但可能更重要、更持久，两者的关系类似授人以鱼与授人以渔的关系。王有根决心通过办夜校把新农技、新理念，还有先进文化、文明生活方式传播开来，实事求是地把扶贫与扶志和扶智相结合的要求落实好。

"这下好了，扶贫扶出个忧国忧民来了。"田静觉得王有根讲得确实有道理。网上就有人总结说"中国发展得太快，灵魂跟不上发展的步伐"。改革开放以来，物质层面的进步确实很了不起，但精神层面的发展明显滞后，因此出现不协调的局面。现在国家也意识到这个问题，已经在补短板了，这些年对传统文化的保护、对先进文化的传播、对价值取向的引导做了大量工作。

"你说的听起来有些道理，但有道理又能怎么样，个人的力量太渺小了。"

"我总觉得该做点什么，虽然个人的力量很小，但众人拾柴火焰高，如果有机会做的人都来做，都能尽匹夫之责，那精神层面的短板不就能更快更好地补齐了？"

"办夜校，要想办好，办得大家都感兴趣，能够持续地办下去，那不太好办。首先，你要分析受众的情况，然后找准课题，排好课程，既要让大家感兴趣，又要具有教育意义，让大家听有所获、学能见效，还要注意循序渐进，做到讲授内容与受众素质同步提高，这样才能持久。这就遇到一个难题了，因为没有专业老师，最后的结果可能是夜校办起来轰轰烈烈，过一段时间便平平淡淡，最后可能是冷冷清清。"果然是从事教育工作的，田静说起来既专业又通俗易懂，而且还直逼要害。

"是这个问题，办夜校仅仅开好头起好步不行，还必须着眼未来谋划好才能走得远，才能持续地把好事办好。这些问题我也想过，不过没有你这么专业，想得没有你这么清晰、这么到位。"王有根接着问，"那怎么解决这个问题呢，我们的教育专家田静同志？我初步这样想，时间上，每周可以开一次课，当然农忙季节暂停，重大节日也可以有针对性地增加。内容上，尽量以适用为主，比如针对创业群体的创业课程，针对中老年的健康养生课程，针对知识青年的传统文化课程，针对党员干部的理论课程。提前公布课程表和建议参加的群体。每周再固定一个时间放一场电影或者搞场文艺演出，放大家喜闻乐见的电影、演群众喜欢观看的地方戏。比如赵本山演的《落叶归根》，我准备就以这场电影开场。这个喜剧片很接地气，演员大家也都很熟悉，我们都看过，可是村里人几乎没有看过。先通过娱乐性的课程把大家的注意力吸引过来，让一部分人养成晚上上夜校的习惯，再逐步地安排一些更具知识性的课程。你看这样可不可以？"

"没想到这下乡还找到感觉了，听起来有点意思，是不是有高人指点了？"田静抱上叠好的衣服边说边向卧室走去。

"近朱者赤。和才女田教授共同生活了这么多年，还不能学着点。杨排风，天波府里的一个烧火丫头，还会耍几下烧火棍哩，何况我还是与田教授心连心心贴心的两口子。"王有根跟到卧室，搂上田静说。

"别闹，小孩一会就下晚自习了。谁跟你心连心心贴心，恐怕你的心连的不是我这个田，而是茶岗村的那块田。"田静揶揄一句后，放好衣服坐在床边，正儿八经地说道，"那你这还不能笼统地叫夜校，按照你讲的可以分成三个板块：一是科技理论板块，二是文化讲坛板块，三是群众文艺板块，这三个板块面对的对象不尽相同，干脆给分开来，这样也便于大家有针对性、有选择性地参加。"

"对！对！对！教授就是教授，行家一出手就是不一样。我想了半天没有想明白，你这一下就理出了头绪，这样吧，我们聘请你当顾问。"王有根心里明白，小孩刚出门，要等到九点半才下自习，田静的意思是想干什么就干什么，不要猴急，时间早着哩。想到这，王有根接着说："我心连的自然是我的这个田，我要耕我的田了。"说着说着，王有根的身体就有了反应，手也就不由自主、轻车熟路地游动起来，快一个月没有见面，小别之后自然是别有风味更有情趣。

结婚十几年来王有根和田静感情一直很好，特别是私生活方面配合得十分默契，真正的是"历久弥新"，是"心往一处想，劲往一处使"，是心连着心心贴着心。

这次回来，王有根感到十分满足，尤其是从田静那里得到了中肯的建议。第二天他便草拟了一份办夜校开讲堂的方案，再请"顾问"参谋了一番。方案有了，现在主要的问题是师资问题。如果都从市里请，那也不现实，成本太高不算，自己也就认识那么多能讲课的人，从市里请人到偏远的茶岗讲堂课，而且还是安排在晚上，偶尔为之可以，长时间这样办是不可持续的。要想持续地办下去，就得就地取"才"。

那就就地取"才"好了，可以发动镇上的干部教师，还有成功人士、在校大学生，组织一批有识之士、有志青年共同来做这件事。比如杨凡平、罗怀志就可以请他们来讲课。重点要调动镇里面的十来个年轻干部，他们都是大学本科学历，平时就住在单身宿舍，晚上有的是时间，可以用来备课讲课。再从镇中学、卫生院邀请几个。大家都工作、生活在镇上，讲起课来可能更接地气、更吸引人、更有效果。还有，按照"顾问"建议的，请她从师范学院找些视频资料，自己再到市委党校去找些视频课程，必要时可以从网上购买一些精品课程，这样既能丰富教学资源，还能提升教学层次。当然，这长期办夜校开讲堂，完全靠志愿行动也不现实，现在村里有集体经济收入了，可以预算一些经费，讲一堂课象征性地给一点辛苦费也是应该的，等夜校办出成果了，再从镇里、县里乃至市里去寻找一些支持也未尝不可。

回到村里，王有根便揣上草拟的方案，去向高书记汇报自己的想法。

"好，这个想法好，过去镇农技站曾经办过农技夜校，但农技站站长调走后，就人走政息了。王队长你牵头把这个事情做起来，我们镇党委全力支持。"书记很高兴，"我来请分管宣传教育的镇党委张委员协助你来做。"

"那就更好了。"王有根没有想到这么顺利。

"再让团委书记洪晚雪来给你做助手，配合你。团委平时的工作抓手就不多，活动开展得也少，就把这项工作纳入镇团委的年度工作，算是围绕扶贫攻坚的中心工作开展的一项活动。让团委再组织几个志愿者搞搞服务，这些事洪晚雪能办好。"书记想了想，接着问道，"你看还有什么困难需要镇里解决的?"

书记自然会支持的，这个办法好，不仅能促进脱贫、带动发展，而且还能调动镇里年轻干部的积极性，这样既能逼着大家为了讲好课去学习、备课，从而达到培养人才的效果，又能增强大家的凝聚力，培育团队精神合作意识。就是且不说这些，单从扶贫工作考核和共青团的工作考核来讲，这也是一项工作创新，还能争取考核加分。

"正准备汇报这个问题。软件方面，主要是师资队伍，这一块，由张委员领导和团委支持，我再隔三岔五从市里请个人来讲堂课，问题不大。硬件方面，主要是场地问题，我本来打算用村部大会议室来办，里面音响设备、桌椅都有，但是地方有点小，仅仅办夜校还凑合，但办讲堂、搞文化活动就不行了。要是放个视频、纪录片，只有一台组织部门配备的电视机，还是那种老式大肚子的，效果肯定不好。"既然书记主动询问有什么困难，王有根便把这个不大好解决的场地问题提了出来。

"要不，用镇会议室?"

"那不合适。那么多人进出镇大院，再上到三楼，动静太大，可能会影响大家的休息。镇里有时晚上还要开会，这样也会影响镇里工作。"

镇大院不大，类似四合院的结构。最先盖的是正对着大门的主楼，后来随着镇办公人员的增加和经济条件的改善，先后在主楼两侧盖了副楼，前几年又拆了大门两侧的围墙盖起了楼。左侧一楼是政务服务大厅，二楼三楼则是男宿舍，住着单身青年和家不在本镇的干部。右侧一楼是食堂，二楼是四个包间，专供接待使用，三楼是女宿舍。去年，王有根来茶岗第一天的午饭就在二楼包间里吃的。当时是和其他几个村的驻村干部一起，先到镇里报到，然后参加由镇党委书记主持召开的对接会，与分管镇长、各个村书记和镇扶贫工作站相关人员见个面，开完会也就到了吃饭的点，镇里统一安排工作餐，算是给大家接风，午饭后再随各自的村书记进村入驻。

"那怎么办？"书记问。

"地方倒有个合适的，但可能要费点事。"王有根在走访的时候注意过，茶岗村老村部南边的礼堂，过去除了每年开几次群众大会外，平日里主要用来放电影，现在已经废弃了，那可是个办夜校的好地方。

"你讲讲看。"

"镇老礼堂，也就是原来的电影院，我从外面看过，房子的质量还好，不知道里面怎么样，可能要维修一下。"

"嗯，这个礼堂放那放着也是浪费，不过礼堂的产权不知道是不是文化站的，如果归县文体局管，可能就不好办了。"书记说着拿起桌上的手机，拨了个电话。

"老徐呀，问你个事，镇里的那个老礼堂产权是县文体局的还是镇文化站的?"书记拨通的是文化站徐站长的电话。

"确定是镇文化站的?那好,同你商量个事,你看镇里想借用一下这个礼堂行不行?"

"那好那好,维修是吧?维修的事你就不用管了。要不要办个什么手续?"

"好的,回头我让团委洪书记陪王有根王队长去你那里交接一下。"书记放下手机后,迟疑了一下,问王有根,"洪晚雪,你可熟悉?"

"见了面可能认识,都在食堂吃饭肯定经常见面,但就是对不上号,工作上也没有打过交道。徐站长倒是打过一次交道,整治杨家的老井时和吕先业一起去找过他,请他写过一副对联,就是挂在亭子上的那副。"

"干脆,我让洪晚雪来,介绍一下,再交代一下工作。"听王有根这样说,书记接着提起桌上的固定电话,"啪啪啪"十分熟练地拨了个号码,"嘟——嘟——"两声后,听筒里有人说话了,书记说道:"你通知洪晚雪到我办公室来一趟,嗯,就现在。"

电话应该是打给党政办的。打完电话,书记接着对王有根说:"对了,这个老徐是个秀才,也可以让他选选题目讲讲课。"

"既然这礼堂是文化站的,老徐又能讲课,还不如这个夜校、讲堂由文化站联合团委来办,我参与参与,这样更好。再说我也没有这么多精力来搞,除了扶贫,还要抓美丽小镇建设。"王有根想了想说,刚说完又觉得有些不妥,有撂挑子之嫌,便又补充说道，"我的意思是共同来办，我肯定会尽力办好这个事的。"

"这个事，我看还是你王队长牵头的好。老徐这个人你不了解，人称'秀才'，书生气浓了些，让他讲讲课是可以的，让他牵头办这事他是办不好的。"

"对了，上午我回单位，我们发改委社会事业科的同志听说我想办夜校，他们建议，可以向省发改委社会事业处申报建设农民工培训基地项目，申报成功了能给三十万元的补助，但这三十万只能用来买设备，不能搞建设。"

"有这三十万，能解决设备问题也不错。这维修的事，回头我同镇长商量商量再说吧。"

正说着，外面有人敲门，书记说了声"请进!"一个面熟的年轻女子推门进来，王有根猜想这个人应该就是洪晚雪，便起身迎接。

"王队长，你坐你的，我来介绍一下，这是镇团委书记洪晚雪，这是市发改委的王科长，驻茶岗村的扶贫工作队队长。"

"王队长好。"洪晚雪说着向王有根伸出手来，边握手边对书记说，"王队长我们认识，都是'站友'。"

"战友?"书记听洪晚雪说与王有根是战友，很疑惑，不仅书记疑惑，弄得王有根也是丈二和尚摸不着头脑。

"我们一起在食堂里站着排队盛饭、打菜，有时座位不够坐了，就站着吃饭，私下里我们都叫'站友'。"洪晚雪解释道。

茶岗镇的食堂，早些年建的时候，镇里七站八所的几十号人基本上都不在食堂吃饭。那年月，站所的人财物都是由县直单位管理，他们上班与否在岗与否，不归镇里管，形成了"看得见的管不着，管得着的看不见"的现象，后来县里实施改革，对站所实行双重管理，业务仍由县直单位管理，但日常考勤、政治学习等由所在乡镇实行属地管理。这样一来，到食堂吃饭的人一下就增加了几十个，原来的大厅就显得小了些，桌椅也不够用。尤其是实行打卡签到后，大家都准点去刷脸签到，然后几乎同时到食堂就餐，食堂便出现了排队打饭、站着吃饭的现象。

"还有这说法？"书记微笑着说，"让你来，是交给你一项任务，一项光荣而艰巨的任务。"

因为"许三多"的缘故，书记和镇长是难得见到排队打饭、站着吃饭的，自然也就不知道这一说法。

文山会海，到了乡镇就显得尤为突出，被大家戏称为"许三多"。一是许多会议，书记镇长几乎每周都要去县里或者市里开一两次会，多的时候甚至是一周三四天不在镇里。二是许多接待，上面千根线，下面一根针，县、市、省乃至国家部委的督查、考核、评估、调研，应接不暇，几乎每周都有一两拨，有时一天都有两三拨，书记镇长只要在镇里，肯定都会出面陪同，即使不让陪同，那也得在午餐时露个面，以示重视。三是许多文件，几乎所有到乡镇的文件，书记都要看，因此就算书记在镇里，也没有接待任务时，别人去吃饭了，他还在办公室加班看文件，很多文件必须及时拟定办理意见，交办下去。因此书记镇长要么不到大厅吃饭，要么是最后那么一两个人去大厅吃饭的。食堂的师傅摸清了门道，只要书记镇长在镇里，又没有接待任务时，都会事先留好一两份饭菜，放在灶上焐着。

书记如此这般地把任务给洪晚雪交代了一番。

王有根是和洪晚雪一起离开书记办公室的。两人边走边聊，接着又交换了手机号码添加了微信好友，说着说着就到了办公楼的门口，他们约好等洪晚雪联系好徐站长后一起去文化站办交接，拿老礼堂的钥匙。

第二天上午，王有根便接到了"站友"洪晚雪的电话。

王有根赶到镇文化站时，洪晚雪已经亭亭玉立地站在文化站的大门口了。

"王队长好。"老徐站长是个热心人，见到王有根时十分客气地上来握手、寒暄。

"又来麻烦你了。"打过招呼后，王有根便和盘托出了事情的原委。

"这个想法好，不过这个礼堂年久失修，可能要费点事。"在得知来意后，老徐站长连声说好，说着似乎是想起一件事来，到办公桌上找出一份材料来，"这是省厅网站昨天刚发出来的一个通知，我看到后打印了一份，你们看看，我觉得可以试试争取这个试点。"

通知是省委宣传部联合文明办、文化厅等部门印发的，准备在全省选择一百个村，整合分属各个部门的文体项目，建设农民文化乐园，实现文化资源共建共享。具体要求是建设"一场二堂三室四墙"：每个文化乐园配齐"一场"，即一个有舞台和健身设备的文体广场；"两堂"是一个礼堂和一个讲堂，也可以是一堂两用，即供村民举办集会、活动的礼堂，进行思想道德教育、政策宣讲、科普培训的讲堂；"三室"即图书室、电子阅览室、文化活动室；"四墙"即宣传政策、村史文化、村规民约、发展愿景的文化墙。这些项目本来是由各个有关部门分别建设的，现在放到一起来，形成一个整体，既避免了资源浪费，又方便群众使用，还有利于后期的维护管理。老百姓把这种整合通俗形象地称为"各炒一盘菜、共办一桌席"。

通知才发出来，可能刚到市里，得赶紧去联系。联系好了，这个老礼堂维修甚至是改造的资金就有着落了。再说了，这"一场二堂三室四墙"目前缺的就是这"两堂"，按照省里的通知精神，这"两堂"是可以合二为一的，只要具备这两项功能，挂上礼堂和讲堂的牌子就行了。

从文化站出来，王有根同"站友"洪晚雪说，申报试点的事宜早不宜迟，现在我们就去找镇党委张委员汇报去。只要镇里同意了，我就立即回趟市里，到市委宣传部去对接一下，名额有限，先下手为强。

就这样，经过申请、批准、改造，几个月后，茶岗老电影院修葺一新。电影院值班室和售票处的房子则挂上了文化活动室的牌子。自从有了这个文化活动室，罗家班的日常排练就有了根据地，一度没落的罗家班再现生机。经过王有根积极联系，县里将罗老爷子和罗守进申报为省级非物质文化遗产传承人，今天的罗守进不再是大家笑称的"锣守尽"了，没有想到还真让王有根一语成真，实现了"守得云开见日出"。

礼堂北面不远处就是已经卖掉的老村部，老村部背后的当家塘已经建成了游园，拆除老电影院的围墙后，形成开放式的礼堂，再铺上步道与游园连接起来，与文体广场连成一个整体。礼堂的两侧和背面则建成文化墙，加上村部的图书室等三室，于是构成了"一场二堂三室四墙"，农民文化乐园项目顺利通过专家验收。

经过精心筹划，在 2017 年元旦来临之际，通告全镇，元旦将有一道文化大餐，茶岗夜校和茶岗讲堂正式登场亮相。

镇党委书记和王有根一起，专程到县委宣传部和县文体局联系，在元月 1 日上午，以送戏下乡的形式，请县歌舞剧团来演出，还特意增加了茶岗人民百看不厌的庐剧《小辞店》选段，下午播放的是电影《落叶归根》，晚上则是由张委员亲自过问、洪晚雪精心组织的一场由茶岗各界自编自演的元旦晚会。这个元旦比往常的春节还热闹，尤其是上午演出开场前的暖场，憋屈了多年的罗家班，把那个锣鼓敲得是震天响。

人们奔走相告，罗家班又回来了，《小辞店》也回来了。老街、新街，处处是热议、人人在欢笑，整个茶岗沉浸在欢天喜地之中。

元旦之后，每个周一晚上安排科技理论讲座，周三晚上是道德文化讲堂，周五晚上则是群众文艺活动。

三人商定，王有根主要负责科技理论讲堂，洪晚雪主要负责群众文艺活动，徐站长负责承办道德文化讲堂。当然，三人是分工不分家，王有根在请来市社科界、理论界专家的同时，请来了市国学研究会的专家、市文联的相声小品演员，还请来了"中国好人"现身说法，先后到市委党校、淮滨师范学院拷贝或者是借来很多难得的教学影像资料，有央视"百家讲坛"的常客金正昆教授、中国教育电视台的闻闻教授等大家名角的讲座录像。

大师们的讲座深入浅出、趣味横生、引人入胜，大家看得实在是过瘾，看了后大发感慨，原来说话要这么说、待客要这么待、办事要这么办，真是"没有文化不知道害怕""没有文化真可怕"。几堂课下来，让大家感觉到了差距、认识到了真的需要学习，这一下便吊起了大家学习的胃口。

王有根看夜校和讲堂已渐入佳境，便隆重推出筹备已久的讲座——《胸怀壮志，创业不止》，罗怀志的现身说法在茶岗引起了强烈的反响。

为了发挥好罗怀志的示范引领作用，王有根早就想请茶岗土生土长的能人罗怀志给乡亲们讲堂课。王有根找到罗怀志时，罗怀志没有答应，推辞说讲不好课。后来他同吕先业讲起这事，先业分析，刚开始大家对罗怀志有误解，茶岗这些没有见过世面的农民都说他不务正业，不好好种地，成天瞎跑瞎折腾，连介绍对象都受到了影响。

看来是有心理阴影。王有根再次登门做罗怀志的工作，劝老罗不能只管自己的一亩三分地，要带动大家一起干，大家好才是真的好。不但要"怀志"而且要"怀民""怀众"，带动大家解放思想，把大家都发动起来，把茶岗的经济发展搞起来，那才有成就感，那才是当年的罗怀志，也才是真正的"怀志"。

一番话说得罗怀志热血沸腾，于是他愉快地接受了讲一堂课的任务。老罗的热情被激发起来后，他认认真真地备起课来，在王有根的帮助下几易其稿，还制作了一份图文并茂的 PPT 演示文稿，把自己的亲身经历和盘托出，把一些老照片、资料一一展示出来，着重介绍自己思想解放的过程。罗怀志的事迹，大家听说过一些，但不全面不具体，道听途说的多，只言片语的多，甚至还有一些误传讹传。现在老罗亲口讲述自己的创业故事，尤其是把自己的所思所想都说出来与大家分享，取得了非常好的效果。

罗怀志的创业故事在茶岗再度掀起议论的热潮，不过这次热议与过去私下里的议论不同，主要是以羡慕学习的口吻、欣赏借鉴的眼光来评来议的。王有根见这堂课的示范效应这么明显，决定顺水推舟，开个创业主题的系列讲座，把大家的学习热情巩固好、创业激情引导好。于是林木春被王有根请上了讲台。资产过亿、身价过亿的林老板，从三十年前卖皮鞋说起，说到承债收购饲料公司、腾笼换鸟资产变现、投资稻虾共生和蔬菜加工项目，再说到自己创业的体会和得失、遇到困难时的迷惘和解决问题后的快乐，其间穿插一些走南闯北的见闻。林老板讲得头头是道，高兴处更是慷慨激昂，大家听得有滋有味，不时还爆发出一阵欢快爽朗的笑声或者是热烈的掌声。

杨凡平、杨燕也分别被请上了讲台。杨凡平连讲了几堂，从蔬菜基地的股权设置、经营管理、年终分红讲到蔬菜种植技术。杨燕自然讲的是电商下乡、线上销售，从国家的鼓励政策讲到金凤凰电子商务公司的运作模式，再讲到下一步的设想。

创业的系列讲座可谓是精彩纷呈，身边这些活生生的人和事，这些看得见摸得着的创业案例让茶岗人深受启发，甚至可以说是茅塞顿开、醍醐灌顶。有几个在创业殿堂门前徘徊的中青年，听了后坚定了创业的信心，摩拳擦掌跃跃欲试，决心要迎难而上大干一场。

至此，茶岗夜校一发不可收，场场爆满，一座难求。周边村庄的乡邻们也成群结队地前来听讲座、看演出，再现当年跑几里地看露天电影的热闹场景。

最让大家津津乐道的是王有根请来了妻子田静，让茶岗的媳妇给茶岗的父老乡亲、兄弟姐妹们上了一堂心理课。田静先从一则心理故事讲起，引出一个心理学常识，再结合生活中的事例加以剖析阐述。田教授娓娓道来，谈笑间讲了六则小故事，介绍了六个与日常生活密切相关的心理知识，乡亲们听得直呼过瘾。

本来是想让妻子给乡亲们上一堂法律常识课，因为她学的教的都是法律专业，但田静以为还是讲自己学的第二专业心理学更适用些，法律知识可能会枯燥些，等乡亲们听课学习的习惯更巩固些后再讲效果可能会更好。有道理！让王有根高兴不已的是，田静的同事们得知王有根开办夜校的事后，大家纷纷表示，志愿到茶岗去开讲坛、办讲座，支持王队长开展文化扶贫工作。

听徐站长介绍王有根才知道，洪晚雪就出生在瓦埠湖边上有着说唱传统的洪家庄。自从有了茶岗礼堂这个阵地，有了组织群众文艺活动这个抓手，打小就是个活跃分子的洪晚雪，组织活动的天分和积攒许久的热情一下子迸发出来。她结合各种节日策划相关的主题活动，为了联系方便还建了个夜校微信群。

为了丰富茶岗老人们的文化生活，洪晚雪回到洪家庄，请来了洪老艺人的传人，办了一场说大鼓专场。当年的洪家庄大鼓，现在也已经被淮滨市列为市级非物质文化遗产了。

擅长与各界打成一片的林木春，在茶岗生动活泼的氛围感染下，主动向王有根提出要给夜校提供赞助。王有根本想婉拒，因为怕给夜校增添商业化色彩，也怕给企业带来负担，但又觉得拒绝了可能拂了林老板的好意、伤了他的感情，再说通过赞助可以提高企业的知名度、美誉度，对企业的创牌、发展也是个机会。如果赞助群众性文体活动，受众面更广，效果可能会更好些，便提议由洪晚雪来策划赞助事宜。

于是就有了林木春出资赞助的"如春杯"广场舞大赛，在8月8日全民健身日这天，把茶岗各村的大妈大嫂和少妇们请上了舞台。"民间高手"们精神抖擞、劲头十足，甚至拿出"一字马"等绝活亮相。茶岗村以王咏梅、夏小惠领队的菜联体队，受蔬菜基地示范带动产业发展推动结构调整的启发，借用正在流行的舞曲《燃烧吧蔬菜》，编排了个节目取名《疯狂的蔬菜》，以草莓、西红柿、胡萝卜的造型一亮相，就引来观众们热烈的掌声。这一新颖别致、诙谐活泼的节目，当仁不让地获得了第一名。

当洪晚雪通知举办广场舞大赛时，王有根提议茶岗村一定要积极参赛，不仅要参赛而且要确保拿到名次力争第一，并提出今后类似的活动，茶岗村都要积极参加，就是要通过参加这些活动来展示驻地村的水平，来提升茶岗村的精气神。村班子研究一致提议请吕先业做王咏梅的工作，由她来组织排练参赛。

"你天天忙得不见人影，家里全靠我一个人，都好长时间不跳了，王队长说了那也不能不答应，但参赛还要拿奖那难度有点大。"当听说这是王队长提议村班子研究的意见后，王咏梅虽然答应了，但又显得有些底气不硬、信心不足。

"你一出场那还不肯定拿奖，有什么要求村里帮你解决，要不你再找夏小惠合计合计。"吕先业半是恭维半是鼓励地说。

"问题是夏小惠也好长时间不跳了，况且能不能请得出来还难说。"提到夏小惠，王咏梅似乎增添了些信心，"是的，也该让她出来活动活动了，老是憋在家里会憋出问题来的，借这次机会我去拉她出来。"

自从王有根让吕先业带话请王咏梅开导开导夏小惠，这一年多来自己也没有少往她家跑，看得出来夏小惠也从那场灾难中走出来了，这次一定要趁机把她拉出来。就说是王队长的意见，她对王队长还是很敬重的。

夏小惠听说是王队长的意思，想起王队长和村干部几次三番地来安慰自己，要不是他说的那些道理，自己可能也没有这么快走出阴影。记得有一段话引用的就是电视剧《男儿女儿好看时》主题曲的歌词，说是人生的旅途有坎坷，哭也好笑也好，好男不低头好女不弯腰，苦也好甜也好，好男不歇气好女不停脚，盼来一个好世道。想到这，夏小惠说，就怕我这么久没有跳了，可能会拖大家的后腿，要不然我先练练再说。

就这样，夏小惠又跳起了广场舞。这次重回广场夏小惠是越发地投入，尽情地跳酣畅地舞，恨不得把那憋了一年半载的委屈一股脑倾泻出来，把自己的内存清空，把自己的躯壳累疯。运动就是个解压神器，跳了几次后，夏小惠青春再现，活力迸发，面貌一新，街坊邻居们看了纷纷点赞。夏小惠的婆婆看了这些变化，也由衷地高兴，心想媳妇有了这股劲头，肯定能把孙子带好，我们老吕家没有被压垮。

夏小惠重回舞场后不久，她的婆婆也出现在了广场舞的大妈队中。原来婆婆劳累几十年，落下了肩周炎和腰肌劳损的毛病，犯起病来疼痛难忍不说，还要连累媳妇，耽误豆腐坊里的活计。看着成天唉声叹气、愁眉苦脸的婆婆，夏小惠便动员她也去跳广场舞，自己说了不算，还请大妈队里的几位邻居去现身说法。抱着试试看的念头，夏小惠的婆婆就加入了大妈队的行列。

腹有诗书气自华。茶岗夜校、讲堂开办几个月后，茶岗人的精神面貌大有改观、文明素质明显提升，这又为扶贫措施落实、招商项目落地、镇区建设管理创造了和谐的环境、营造了良好的氛围。

"秀才"老徐看到茶岗的这些变化，私下里闲聊的时候说："这个茶岗礼堂应该改名为有根礼堂。这个礼堂的主要功能就是把文化的根留住，把茶岗当年摆摊起集、开街创业的精神传承下去，让我们茶岗是个'有根'的乡镇；还有一层意思，就是我们茶岗人要'吃水不忘挖井人'，记下王有根王队长发展茶岗经济、建设美丽小镇的功劳，尤其是开展精神扶贫的创举。"

虽然老徐是笑谈戏说，但这一说法不胫而走，一传十、十传百，镇上群众私下里也就叫开了。

王有根自然是极力反对，就去责怪始作俑者徐站长。老徐则不以为然，认为自己说得有理，也代表了镇上居民的心声，否则就是有这样的提议，大家也不一定认同。事已至此，王有根也无可奈何，他总不能去堵别人的嘴，再说堵也堵不住，说不定越堵说的人越多。

15

到了第二年，杨凡平的蔬菜基地便进入收获期。"有眼光"的吕先富没想到他的率先入股，也算是给自己"走"后的家里留下了一条生活门路。更没有想到的是，还给夏小惠和杨凡平的结合牵了线搭了桥。

"杨大哥好。"有一次杨凡平路过农贸市场时，正在豆腐摊上忙着的夏小惠见了主动打招呼。

"这一间卖豆腐，那一间可以卖自家地里产的菜，这样也可以增加一些收入。"一直惦记着怎么帮帮吕先富丢下的一家老小，杨凡平见夏小惠招呼自己，便停下来走近铺面看看，发现两间门面只用了一间，于是对正在忙着的夏小惠建议道。

"我家地里的菜只够自家吃，哪里有卖的?"夏小惠回答说。

"我是说我们自家蔬菜基地里的菜。"杨凡平说。

"谁跟你是自家?"夏小惠听杨凡平说"我们自家蔬菜基地里的菜"，脸一红，脱口而出。

"对不起，对不起！我不是那意思，我的意思是说蔬菜基地你们家是有股份的，不说自家的怎么说？"

"那我得问问我婆婆，看卖菜行不行？"夏小惠心里想，对呀，说自家的也没有错，可能是自己太敏感了，因此误会了凡平哥的意思，但一时也拿不定主意，便托辞道。

夏小惠的婆婆想，儿子投了十万元进去，还没见一分钱回来。去年听夏小惠说没有收杨凡平送来的一万元，她的心里就不高兴了，但毕竟是媳妇，有意见也不好说。现在听说杨凡平要让卖蔬菜基地的菜，她便爽快地答应了，那十万的投入就能见到收益了。

正好是隔天逢集，闭集那天下午，夏小惠便去蔬菜大棚拉些摘好的菜回来。杨凡平让夏小惠自己记上账，到年底再一起算。夏小惠看杨凡平对自己充分信任，自然也就如实记账，分文不差。

两人就这样保持着默契，转眼就到了年底。

杨凡平毛估了一下，这一年纯收入在三十多万元，加上上一年的一万，该分给夏小惠四万元。他怕送过去夏小惠不收或者不全收，就在微信上留言，想请夏小惠来，当面和会计一起算算蔬菜基地的收支账。

"账是会计记的，你们自己算好就行了，我这边卖菜的账每个月也都算过的，等把这个月的算一下就全了。我家里忙得很，也没有时间去算账。"夏小惠直接发来语音信息。

"那一点菜就不用算了，算是给蔬菜基地做广告了。"

"那不行，亲兄弟明算账，就按照事先讲好的办法算。你要是不让算的话，我就不卖了。今晚我先算好，明天抽时间给你们送过去。"

杨凡平感到无话可说，只好输了"好吧"两个字发出去，心想，这女人之间的差别怎么这么大呢？他心里面莫名其妙地比划起来：高菲是蛮不讲理，夏小惠则是蛮不讲理地通情达理，不对，是通情达理地蛮不讲理；高菲是我一走就变心，夏小惠是人"走"了也不变心。唉，先富怎么这样福薄呢？自己又怎么这样命苦呢？

吕先富"走"后不久，就有人打上了夏小惠的主意，有托人提亲的，有自我表白的，但都被夏小惠一一拒绝了。夏小惠也因此变得敏感起来，说话做事刻意把握着分寸，免得被别人笑话。

但越拒绝越是招人喜欢。夏小惠只是不卑不亢不远不近，保持着淡定。婆婆看了心想这样下去迟早要出问题，要是碰到个愣头青二百五，这孤儿寡母的怎么办，倒不如遇到合适的劝她答应算了。

杨凡平离婚的事，整个茶岗只有王有根一个外人知道，但时间一长，杨凡平的大嫂看出来了。刚开始大嫂只是在心里嘀咕，又不便去问。到了年底，当大嫂问杨凡平是回和县过年还是把老婆孩子接过来时，杨凡平看瞒不住了，就同大哥大嫂说了实话，不过暂时还没有告诉母亲，免得让老人家再操心。

本来离婚这事是没有必要到处宣扬的，但大嫂觉得杨凡平年龄也不小了，要抓紧物色一个合适的再成个家，趁着年轻养个孩子。自己养了两个女儿，他们要是能生个胖小子就更圆满了，于是她便一边在心里摸排一边托人打听。

杨凡平那守了一年多的秘密就此大白于茶岗。

王有根也曾借着开玩笑的机会试探过杨凡平的想法。王有根的话要是外人听起来便是玩笑话，但杨凡平心里清楚那是有心说的，至少也是半真半假。这样的话杨凡平是不便接茬的，索性装糊涂装没听见，然后赶紧换个话题。

虽然心思在蔬菜基地上，但要说杨凡平对夏小惠没有过一丝一点想法，那不可能，毕竟是个正值壮年的男人。更何况夏小惠模样可爱、为人可亲，见了后有几分好感甚至是有一点冲动，那也是自然而然的事。

不作声，八九分。王有根见杨凡平没有接茬，心里便有了主张。不表态就是不反对，不反对就是认可。

可以探探夏小惠婆媳俩的口气了。探她们的口气，王有根觉得自己去显然不合适。排来排去，吕先业的爱人王咏梅是个不二人选，都是女同志，好沟通。加上吕先业与吕先富家本来就很亲近，王咏梅作为嫂子，关心一下夏小惠也是她的职责。况且王咏梅和夏小惠还是舞友，关系挺好，平日里就以姐妹相称。

想到这里，王有根便打定主意，找机会去跟吕先业说说，让他动员王咏梅去打探打探。

先富在的时候，夏小惠啥也不操心，吃过晚饭就去跳健身舞。王咏梅也是，结婚以来家里的事都是吕先业主动承担着，晚饭后收拾收拾便去跳舞。只不过美丽小镇建设开始后，吕先业越发地忙起来，整天忙着村里的事，因为要照顾孩子操持家务，王咏梅也就没有再去跳舞了。虽然舞不跳了，王咏梅有空就会去夏小惠家串串门叙叙话，两个茶岗的大美人，虽然年龄差了十来岁，但一直很投缘，过去是舞跳得欢，现在是话叙得多。

当听说杨凡平已经默认了夏小惠，王咏梅不但爽快地答应了，而且还让吕先业谢谢王有根："这本来就是我这个当嫂子的事，真不好意思，还让王队长费心，夏小惠那边就由我来讲。"

其实，王咏梅也一直惦记着给夏小惠物色个合适的人成个家，在心里摸来排去，也觉得杨凡平的年龄、人品等条件都挺合适的，只是觉得这事得把握好火候，提早了会适得其反，过个一年半载，等夏小惠缓过神来再提。现在杨凡平的工作已经由王有根做了，她便暗下决心，一定要把这事搞定，心想，夏小惠，这事你得听嫂子我的。

现在，先富"走"了也有两个年头了，根据观察，夏小惠已经从不幸遭遇的阴霾中走出来了，王咏梅就想着找机会去试探夏小惠的心思。

王咏梅哪里知道，夏小惠的婆婆等人为这事都已经做了不少铺垫，甚至杨凡平和夏小惠本人也都有意无意地在心往一处想了，只是还没有到劲往一处使的地步而已。

王咏梅去串门的时候，夏小惠刚刚出门接小孩去了，幼儿园放学的时间到了。夏小惠的婆婆热情地招呼王咏梅进去坐坐，王咏梅想，不妨先听听夏小惠婆婆的意见。夏小惠的婆婆倒是赞同，也夸杨凡平不错。

正说着，夏小惠带着孩子回来了，王咏梅和夏小惠嘀咕起来。没想到夏小惠却摇了头，王咏梅只好说："妹子，不急着决定，有空再考虑考虑。"话说到这，便起身离开。夏小惠的婆婆跟着送王咏梅出门，来到门外拉了拉王咏梅的衣袖，贴着耳根悄悄地说：看得出来，夏小惠虽然拒绝了，但不像拒绝别人那样，这次似乎有些犹豫，不知道是不是因为当着我的面，她不好表态。

听了这番话，王咏梅又喜又恼。喜的自然是杨凡平与夏小惠有戏，恼的是自己怎么这么糊涂，应该私下里问夏小惠。虽然她婆婆是赞同的，但婆媳间是不便交流这样的事情的，就不该当着她婆婆的面讲这个事。

"从夏小惠的态度看，她对杨凡平的感觉是不会错的。"当听到吕先业回话说，夏小惠的婆婆是赞同的，只是夏小惠没有同意，可能是当着婆婆的面不好点头，看得出来夏小惠拒绝时有些犹豫时，王有根和吕先业一起分析着。

"那这事得挑明了，让杨凡平去追。"吕先业建议。

"我也是这样想的，让他自己去捅破那层窗户纸。不过这事，我在杨凡平面前提过，他没有接话茬，我再说恐怕不合适。"

"那我考虑考虑，看怎么办合适。"

吕先业回家后，和妻子商量这事怎么办时，王咏梅说，我们是夏小惠的堂哥堂嫂，去同杨凡平说也不合适。对了，我去找杨凡平的嫂子说，她肯定也在考虑着杨凡平的事。

王咏梅来到杨凡齐家，这两个嫂子一拍即合，但也都认为这事只可意会，不可言传。

"可以隔三岔五让杨凡平去买菜，让他经常到农贸市场去转一转。"王咏梅出了个主意。

"家里鱼虾、青菜是现成的，只是有时会买些排骨炖汤，每次都是凡齐卖过鱼虾后带回来，这不成。"

"让凡齐不要买不就成了，然后你当着凡平的面责怪凡齐忘了买排骨，再让凡平去买，让他顺便买块豆腐，再提醒他一下，夏小惠做的豆腐更香更好吃。"

"好，就这样办。"

眼看着又过去了一个月，大嫂见杨凡平买了好多次的菜还没有动静，便有些急了，心里想，这个杨凡平跟他哥一样，就是太实在，不然也不会被高菲"骗"了。

但转念一想，过日子还是实在的好，当年要不是看杨凡齐是个实在人，自己也不会嫁给他的。再说，现在追夏小惠的人也不是一个两个，说不定夏小惠看上的就是我们家凡平的实在。

但这样老不见动静也不是事，过了年又长一岁了，干脆明说！

"凡平，大家都觉得你们俩合适，夏小惠本人也有那个意思，你要积极主动点，总不能让人家来找你。"大嫂忍不住直截了当地对杨凡平说出来，鼓动他毫不犹豫、毫无顾忌地去捅破那层窗户纸。

说是鼓动，其实就是委婉地命令。

杨凡平心里其实明镜似的。当大嫂让杨凡平去买菜，并叮嘱夏小惠家的豆腐好时，杨凡平就猜着了。回家这么长时间，从来没有让自己去买过菜，一切都是大哥大嫂安排得好好的，突然提出让自己去买菜，这背后必有文章，真是让大嫂费心了。只是杨凡平觉得，这事急不得，等到瓜熟自然就蒂落了。

杨凡平第一次去买豆腐时，因为心里有"鬼"，言语行动自不比平常，便有了些不自然。杨凡平没有问价钱，要了块豆腐，扔下五元钱就准备走。

"凡平哥，你买块豆腐还要什么钱？一块豆腐也不值什么钱。"夏小惠要追出来，把钱还给杨凡平。

"哪能白吃你豆腐？"杨凡平说完赶紧走开了。人是走开了，心却没有走开，心想着自己又说错话了，又要让夏小惠误会了。

听杨凡平这样说，夏小惠只好收住了脚，当街拉拉扯扯的，不知道会生出什么事端来。她心里想，杨凡平今天怎么了，从来没有来买过豆腐，样子怪怪的，还说什么"哪能白吃你豆腐"，是不是……想到这，不觉一股热流涌上心头，脸上一热，赶紧低下头，唯恐旁人发现了什么。

杨凡平第二次来买豆腐时，依然是扔下钱就走。夏小惠觉得不收钱也不妥，免得又让他说"白吃豆腐"，就说："还没找你钱。"

杨凡平觉得上次说了不妥的话，不好意思，早已是落荒而逃。

但从夏小惠的反应看，她没有生气，看来确实有戏，杨凡平觉得可以找个机会挑明了。

"找你钱，干什么，想零存整取呀?"杨凡平一次次地扔下钱就走，夏小惠忍不住急了，终于有一次看周边人少，便对着杨凡平的背影喊。

"那就零存整取吧!"杨凡平停下脚，回头朝夏小惠坏坏地笑了笑，接着放低声音对着跟上来的夏小惠说，"连你一起娶!"

交朋友、谈恋爱就是"零存整取"。好感一次一次地叠加，信用一天一天地积累，距离一点一点地接近，感情一丝一丝地浓厚，然后才能亲密无间、相亲相爱。

这下又该夏小惠尴尬了。不过这回是又羞又喜：羞的是，自己怎么没头没脑地说出这话来，又让凡平哥钻了空子，关键是别人听了怎么想？喜的是，听到了凡平哥的表白，虽然这表白来得有点突然、不够浪漫，但还是十分巧妙、十分得体的，滴水不漏、浑然天成。

其实，自杨凡平来买豆腐开始，夏小惠就预感到这一刻迟早要到来，只不过心里面还没有准备好，所以是既害怕又盼望这一刻的到来。虽然是有羞有喜，但是羞已经是次要的了，只是表象，喜则是主体则是实质，因此夏小惠脸上流露出的是羞，心里汹涌的却是喜，看上去是羞了个满脸通红，又何尝不是喜得脸上乐开了花。

最后的那层窗户纸就此捅破。再见面时，倒不是杨凡平不自然了，而是夏小惠的表现有些不自然。

窗户纸虽然捅破了，但夏小惠还是像个少女一样，羞答答的，与杨凡平保持着距离。

当然，这距离在不断地缩短。有几次杨凡平逮着机会壮着胆子要亲近亲近，夏小惠总是适可而止。杨凡平知道，得给夏小惠时间。这距离无限地缩短后，自然是零距离了。

好饭不怕晚！杨凡平就耐心地等待着水到渠成瓜熟蒂落的那一天。

当大嫂命令杨凡平主动出击时，杨凡平便对大嫂说，不瞒大嫂，事情已经八九不离十了。

在促成杨凡平与夏小惠的事情上，杨燕也没有闲着。

受王家小酱创牌成功的启发，王有根便约杨燕去动员夏小惠创牌做豆腐乳。豆腐西施夏小惠的娘家是豆腐世家，得其父亲真传，她做的豆腐乳也是别有风味。为了感谢村里对她家的关心、帮助，夏小惠曾专门送过一坛子腐乳到村小食堂，说是自己第一次独立做的豆腐乳，请大家品尝品尝，大家都觉得味道不错。

是个好主意！但夏小惠觉得自己这么忙恐怕做不了，再说这手艺是夏家的，要么是由父亲做，要么让弟弟来做。父亲说，自己做了一辈子的豆腐，也不想折腾了，要折腾你们姐弟俩折腾吧，家里这点地方也搞不了，要不干脆让你弟弟去你那里一起搞。

夏小惠的弟弟夏大有，高考填志愿时，两淮地区的煤炭企业十分红火，职工收入也领跑全省，因此选了个矿建专业。夏大有矿业大学毕业上班没有几年，正好遇上煤炭企业去产能，加上学的专业是矿建专业，正在生产的煤矿都有一部分要关停，矿建专业自然遇冷。矿建专业就业面又窄，矿上一时没有合适的工作可做，夏大有就拿着生活费待业在家，像当年夏小惠一样，帮父母做豆腐。

父亲对创牌做豆腐乳不感兴趣，夏大有倒觉得这或许还真是条出路。夏大有上班几年，父母见儿子也没有个动静，尤其是母亲，便迫切地四处张罗着要给儿子介绍对象。父母觉得，都二十八岁了，放在自己年轻时，那算是大龄青年中的大龄青年了。

夏大有所在的煤矿远离市区，矿上因为工作性质，适合女性的岗位很少。现在的煤矿不像原来，老矿区都是企业办社会，麻雀虽小，五脏俱全。矿区中小学、幼儿园、招待所、多种经营公司等配套齐全。现在的矿，机械化程度高，劳动用工少，矿区只是单纯的生产区，生活区只有食堂和单身宿舍，其他的配套服务则是依托市区。因此，夏大有上班几年，也没有机会遇到合适的女孩，自己倒没有觉得什么，可是父母就急了。

夏大有待在家里正觉得别扭，便答应下来，到茶岗的姐姐家，准备和姐姐一起做豆腐乳。

杨燕便借机做东，请王有根和杨凡平作陪，为夏大有接风，预祝夏家姐弟创业成功、夏杨两家合作愉快。

席间，大家商议着创业的一些细节。提到怎么宣传，杨凡平建议，王家打的口号是"百年面馆、王家小酱"，夏家可以用"夏家腐乳、有滋有惠"这八个字，我们这不仅味道好，价格还实惠。

"好，这八个字好，还嵌进了腐乳制作大师夏小惠的名号。"夏大有一听，连声叫好。

"不但有'惠'字，还有'有'字，有夏家腐乳传人夏大有的'有'字。"杨凡平补充道。

"这几个字确实不错，我也想了几个字，叫'夏家腐乳、大有味道'，你们看看怎么样？"杨燕插话道。

"好，好，杨燕妹妹的这几个字更大气，凡平哥那八个字带上个'惠'字，就有点俗气了。"夏小惠说道。

"夏小惠，你刚才说的话有问题。"王有根笑道。

"怎么了，有什么问题？"

"你喊杨凡平喊哥哥，又称呼杨燕为妹妹，那杨燕怎么称呼杨凡平？"

刚才是只想着问题，没有在意称呼，听王有根这样一说，几个人不由得笑了起来。

大家笑了，王有根反而沉默了，心想，这杨凡平和夏小惠般配，这夏大有和杨燕不也挺合适的么？这个杨燕虽然在上海待了七八年，但茶岗人朴实的本色没有变，没有沾染一点小资的矫情，说不定今后还真的要这样称呼。按照茶岗的说法，这叫"各亲各叫"，真要是这样了，就各叫各的呗。

在散席回来的路上，杨凡平就问王有根：怎么说着说着，我们都笑了，你却不吱声了？一定是有什么心思。王有根就拉住杨凡平，避开杨燕，把自己的想法说了出来。

杨凡平也觉得这个夏大有确实有股闯劲，要是创业成功了，再同杨燕合作愉快了，还真说不准两个人会不会走到一起哩。再说，有个夏小惠这样的姐姐，弟弟肯定也不会差。真要是这样，杨燕的终身大事也算有着落了，两家要是真能亲上加亲也没有什么不好。

16

时间过得真快，转眼又到了年底。

平日里茶岗镇不闹也不静。隔天逢集，逢集时虽然也是熙熙攘攘，但远没有周边几个大镇那样喧闹；闭集时人流锐减，但农贸市场里还是热热闹闹的。到了年前年后则大不同，攒足了劲的茶岗，每天都是人头攒动、人声鼎沸，四处飘散着过年的气息。

腊八节的那场大雪，茶岗下得尤其大，足足有一尺厚。加上一场西北风，气温降到零下十度，就这也挡不住回乡的车轮、赶集的脚步。

偏远的茶岗，传统的年味显得更足一些。虽然现在各种年货都有卖的，但茶岗人还是热衷于自己动手。杀年猪，腌腊肉、咸鹅、咸鱼自是必不可少。自己喂出来的猪、鹅，肉更香。即使自家没有喂，也早早从邻居、亲友家预定。鱼，则是附近村庄当家塘里网上来的。一到腊月，家家户户屋檐下或弄堂里或阳台上，腊味年货必定挂成排。

腊月是一年中最冷的时候，可这也是屠户们最忙的季节。每年杀年猪都是从茶岗大酒店起的头，酒店里除掉定点处理的餐余垃圾外，还有一些烂菜剩饭，足够喂两三头猪的，一过冬至就杀头猪。自己喂的猪肉，引来了更多的回头客，茶岗大酒店也就成了茶岗名副其实的最大酒店，一时间盖过了茶岗国际酒店的风头。

接下来便是"豆腐西施"夏小惠家了。

"豆腐西施"家里用豆渣喂出来的猪，肉味更浓更香，自然成了抢手货。夏小惠打小住在县城里，别说是喂猪，就是猪也没有看过。那豆渣猪，自然是夏小惠的婆婆喂的。

长年做豆腐，豆渣的去处成了问题。虽然偶尔会有邻居来讨要些炒了当菜吃，但绝大部分豆渣都是扔掉了。过惯了苦日子的婆婆，自然不能看着好端端的豆渣白白地扔掉。

婆婆年轻时，不论是乡村还是城郊，农家户户养猪养鸡养鹅，猪粪禽屎能肥地，禽蛋能解决买盐打酱油等日常生活零花钱问题。春季逮回猪仔，打来猪草，再加上米糠、剩菜剩饭，喂上十来个月，到了年底，杀只肥猪，猪肉卖掉半扇留下半扇，腌上腊肉灌上香肠，便解决了年前年后的吃肉问题，腌得多的还能一直吃到收麦子栽秧。

随着工厂化养殖的兴起，虽然自家喂的猪肉更香，终敌不过养殖场规模化低成本的竞争，农村家庭喂猪便逐渐减少几乎绝迹。但在以农业为主的茶岗则不同，尤其是农业机械化纵深推进后，劳动力从农耕劳作中解放出来，就有些闲不住的大妈们，仍然保持着养猪、养鸡、养鹅的习惯。

夏小惠的婆婆在搬到新居后就不再喂猪了，但现在因为有了现成的豆渣，便在后院的墙角搭个猪圈，逮回两只猪仔，配上从农贸市场拾回的菜叶，重新喂起了猪。喂了几十年猪的婆婆又找回了感觉，把两头猪喂得膘肥体壮。

除了杀年猪，做一锅豆腐也是茶岗人家必备不可的年货，年下油腻吃多了，还是青菜豆腐好。夏小惠总是赶早杀了年猪，好一门心思给乡邻们做年豆腐。

到了腊月十几，趁着气温低，家家户户就开始做一锅年豆腐，用清水漂在缸里或者桶里，准备着年前年后吃。本来镇上是两家做豆腐，现在是三家做，应该不忙才对，但因为夏家豆腐别具一格，来夏小惠家做豆腐的就更多些，因此不论是白天黑夜还是下雨下雪，夏小惠家的豆腐坊里都是热火朝天。婆媳两人，还要照看孩子，自然是忙不过来，夏小惠便和婆婆商量，由婆婆出面请几个帮手来帮几天忙。到了腊月，平时外出务工的青壮年们陆续回家来过年了。反正闲着也是闲着，几个与吕先富家关系一直不错的后生，也乐意到豆腐坊里来打几天短工。

今年的豆渣猪肉不准备卖了。夏小惠早想好了，自己留只后臀，娘家、先富的两个堂兄弟都要备一份，还有王有根，真是个好干部，真心地帮自己，想请他吃顿饭都不同意，这回自家喂的猪肉，一定要送一份过去。就是这杨凡平，心里想着也要送一份，但又不好明说。要是往常送了也就送了，关键是现在大家都知道杨凡平离婚了，倒不是怕杨凡平误会，就怕街坊邻居嚼舌头惹出事来，毕竟两人的关系还没有公开。

夏小惠正拿不定主意，又没有人可商量，这时婆婆的提醒解了围。当日，猪杀好后便让屠户分割，分好几份后，夏小惠的婆婆当着屠户的面和夏小惠说："也割一份送凡平吧，对我们挺照顾的，今后有事还得麻烦他。"

夏小惠的婆婆自从知道杨凡平离婚后，便琢磨着，要是有一天夏小惠顶不住同意改嫁，嫁得近还好，跑远了怎么办？不如让夏小惠嫁给杨凡平，杨家几辈子都在镇上，知根知底，杨家吕家本身还沾亲带故，况且杨凡平这孩子也是自己看着长大的，人本分心眼好，一定会善待自己的小孙子的，对我这个老婆婆也不会差到哪里去。所以趁着杀年猪送猪肉的机会，夏小惠的婆婆便开始有意引导。

"还是妈想得周全，那麻烦师傅再分一份，就是怕他不要。"既然婆婆是当着屠户的面说的，就不怕别人说什么了，夏小惠就势说道。

"他吃住都在凡齐家，每天早饭、午饭后都要去大棚里，趁他不在时送过去，就说是杨凡平订的。"婆婆帮着出了个主意。

　　"还有王队长的这份怎么送去呢?"夏小惠怕送过去王有根不收，想请婆婆送过去，让王有根不便推辞。

　　"找个纸盒装好，我明天起来早点，悄悄地送他房间门口。"

　　"好，听说就有人趁天没亮在他宿舍门口放过花生放过桃子放过鸡蛋。"

　　当夏小惠送来猪肉时，杨凡平的大嫂本想拉住夏小惠，旁敲侧击提醒提醒，毕竟女人之间说话方便。夏小惠以为大嫂是要推让猪肉，抢先说是凡平哥订的，我还要赶着回娘家，好长时间没有回去了，小孩早就吵着要去外婆家，顺便也送点猪肉回去，说完慌忙转身抽脚走人。

　　回家吃午饭时看着夏小惠送来的猪肉，杨凡平知道，瓜熟了!

　　听大嫂说夏小惠带着孩子回娘家了，杨凡平抓住机会发起了新一轮攻势。令杨凡平没有想到的是，自己赶上了天时地利人和，这一攻便成了总攻。

　　杨凡平知道夏小惠娘家就住在安丰县城南门口的清风巷，夏小惠带着小孩回娘家，今天可能就不回来了。吃过午饭，杨凡平便对大嫂说下午要去县城办事，晚上要是迟了就不回来了。他又打了几个电话把蔬菜基地里的事安排好，便匆匆开车出门赶往县城。路上杨凡平想，还是提前给夏小惠打个电话，万一她又赶回来了岂不是扑了空?他便靠边停车打电话，直截了当地对夏小惠说，我正好在县城办事，听说你也回来了，到了你的地盘，晚上你得请我吃饭。

还好打了电话，本来夏小惠准备在娘家过一夜就带儿子回茶岗的，但父母说想小孩了，不如把孩子留下来过几天，等下回夏大有回家时再带回去，隔代亲加上县城比茶岗有更多好玩好吃的，小孩自然想留在姥姥家，夏小惠正准备说，要是这样的话，豆腐坊里忙，自己就不在家里过夜了，再待一会就先回茶岗，正好这个时候杨凡平的电话进来了。

"好呀，你说想吃点什么？县城的小吃可多了。"

"你的地盘你做主，只要和你一起吃，吃什么都香。"没想到夏小惠这么爽快地就答应了，可能是因为离开了茶岗已经没有那么多的顾忌了。

"你也学会贫了，我订好地方发给你，什么时间能办好事？"

"差不多还要个把小时，办好事我开车去接你。"

约摸二十分钟，杨凡平收到条短信："下午四点半，北门外上岛咖啡107，我自己过去。"

"亲，不见不散。"杨凡平回短信时没有敢直呼"亲爱的"，心想有了"亲"这个网络语言真好，不卑不亢，怎么想怎么认为都可以。

上岛咖啡就在县城老城区北门外一家商务酒店的裙楼上，本来是以中国传统茶文化与西洋时尚咖啡文化为主的连锁餐厅，到了江淮分水岭的这个内地小县城，除了偶尔有两个年轻人尝尝新鲜外，没有几个点咖啡的，咖啡只是个招牌，经营则变成了以喝茶和中式快餐为主，甚至为了迎合本地吃货们的偏好，还融入了一些这个古老县城的传统菜肴。

杨凡平直接赶到上岛咖啡 107 包厢，泡了壶普洱茶，刚过四点便发了条短信："亲，我已到，在 107。"收到"我已经上车"的回复后，杨凡平便到门口去等，过了十几分钟还没有到，从南门口到北门口，开车最多五分钟，是堵车了？杨凡平不停地向南边张望，终于看到夏小惠从一辆人力三轮车上下来。县城的老城里除了几条主干道外，有二十四街七十二巷，穿街走巷还是三轮车好，因此这人力三轮车便顽强地生存了下来。

下了车，夏小惠刚一瘸一拐地走了几步，杨凡平已经跑到了跟前，边伸手扶住边问道："怎么回事？腿坐麻了？"

"出门的时候在小巷子里崴了一下脚。"原来是县里根据几个住在老城里面的县政协委员的联名提议，启动了街巷维修工程，分批维修改造二十四街七十二巷，碰巧这几天正赶上改造清风巷，工地上自然不适合穿高跟鞋了。

负重才不容易跌倒。夏小惠上午回家的时候是牵着孩子拎着东西小心翼翼一步一步地挪过去的，没想到出来的时候空着手却把脚崴了。

"我来看看。"杨凡平蹲下来掀起夏小惠的裤腿一看，发现小惠的脚背已经肿起来了，"你这脚不能再活动了，必须立即冷敷，冷敷二十四小时后再热敷，这样好得快，否则伤筋动骨一百天，要影响好长一段时间的。"

"这么严重？不会吧？那怎么办？"

"先找个地方坐下来再说。"没等夏小惠说完，杨凡平背起她就走，背进上岛咖啡边上的商务酒店大堂里坐下来，然后同酒店前台服务员说明了一下情况，再打听附近可有大药房。

出门右拐第一个巷口就有大药房。杨凡平三步并作两步跑出门，片刻工夫拿回来一盒冷敷贴和一瓶红花油。脱下鞋袜贴上冷敷贴，夏小惠立即感到舒服多了。这时服务员过来问，要不要开个房间休息。

"开一间开一间，有没有一楼的？"这是服务员在下逐客令，只不过没有明说而已，意思就是你们要么开个房间住下来，要么就离开，坐在我这大堂里算什么事？杨凡平没有征求夏小惠的意见，不容分说地决定开个房间。

"没有一楼的，最低三楼，不过有电梯。"商务酒店为了降低成本，除在一楼租了一间作前台外，客房都在三楼以上，一楼二楼的其他房间都是作为商铺另外出租的。

"没有一楼的就算了。"夏小惠听说要开房间，赶紧插话。

"那就要一间靠近电梯的房间。"杨凡平接着劝起了夏小惠，"你这脚要卧床休息，最好还要架高，这样才能减少疼痛才能恢复得快，而且这个冷敷贴要几小时换一张的。就住下吧，回头我去上岛咖啡点餐，让他们送上来。"

夏小惠很是感动，好长时间没有人这么关心自己了，就是先富在的时候，他几乎是天天出车，两人也是聚少离多，心想那就听凡平哥的吧，就尽情地享受这份关心、这份体贴、这份温暖吧。杨凡平心里正在偷着乐：天助我也！于是他把夏小惠背到房间，像个大哥哥带着小妹妹一样无微不至地忙前忙后。

这一折腾便已经是五点多了，杨凡平去上岛咖啡退了包厢再点了餐，请直接打包送到宾馆房间。吃过饭，杨凡平边帮夏小惠洗漱宽衣，边含情脉脉地欣赏着天生丽质温柔可人秀色可餐的美人。毕竟都是"过来人"，加上前面酝酿的时间够长，现在又没有外人，面对杨凡平那一往情深的眼神，夏小惠的心里已经溃不成军，于是也深情地看了一眼杨凡平。

这一对视，在杨凡平看来是鼓励是挑唆是撩拨，至少也是默许，心中压抑很久的那团火便成爆燃之势，势不可当。杨凡平毫无顾忌地搂起夏小惠热吻起来。唇舌刚碰到一起，夏小惠已经是浑身酥软，既无力也无心抵抗，举手投降之后便是暗自迎合，进而是主动配合。

这一回合下来，被爱情的雨露滋润得通体透彻的夏小惠，看着身边带着满足进入梦乡的凡平哥，沉浸在幸福中久久不能入睡，心想要不是脚受了伤，肯定会更疯狂更销魂。但要不是脚受伤，凡平哥也不会贸然开房间的，真要是贸然开了房间，我会不会答应呢？要不开房间，现在或许正在古城墙上散步，然后应该是凡平哥送我回家。想着想着，了无遗憾地睡着了。

等夏小惠醒来时，杨凡平已经买回来了早餐，静静地坐在床边凝视着欣赏着夏小惠，唯恐惊动了心爱的睡美人。夏小惠睁开眼时，杨凡平心里正在回味着昨天以来的幸福历程，好个豆腐西施，这才是我的归宿，我要尽情地享受这天赐艳福，想到这里脸上不禁流露出一丝坏坏的笑来。

"你坏你坏，欺负了人家还偷笑。"

"我是想起了一个故事才笑的。"

"想的什么见不得人的东西。"

"没有，是古华写的小说《芙蓉镇》里面的一个情节。"

"骗人，讲我听听！"

"男主角被打成右派，女主角也是惨遭不幸，两人先是相怜相持后来是相扶相爱，在没有仪式没有新房的夜晚，两人私下里走到了一起，男主角写了一副对联贴在门上，就算是向世人宣布他们俩结婚了。"

"什么对联？"

"说出来你不准笑。"

"不笑就不笑。"

"两个狗男女，一对黑夫妻。"

"就你坏。"一番拨云撩雨之后，两人顾不上早餐，又是一阵巫山云雨。

"脚感觉可好些了？"闹完后，杨凡平言归正传。

"好多了，这冷敷贴还真管用。"

"我扶你起来洗洗吃饭吧，再不吃就凉了。"

夏小惠虽然是举了白旗，但那是在县城，在茶岗与杨凡平的恋情还没有从地下转到地上，说话办事还得有分寸，免得让人家笑话。回到茶岗，杨凡平就琢磨着怎么尽快把这"黑夫妻"漂白，要不然干柴烈火的还这样悬着实在是难熬，于是请大嫂找到王咏梅正式上门提亲。

既然已经是瓜熟蒂落，提亲只不过是一个形式而已。

听说弟弟的老大难问题这么快就解决了，杨凡齐心里敞亮多了，两口子这才把杨凡平离婚又准备结婚的事告诉了母亲。母亲听了沉默了一会说，我早就看不惯那个高菲，要是能娶回来夏小惠那也是我们杨家修来的福分，这事定了就快点办，都老大不小了，趁着我还能看得见，赶紧要个孩子，要是能再抱个孙子我死都瞑目了。

17

农历腊月二十三祭灶，俗称"小年"，是过大年的一次预热，一番出场锣鼓后，"大年"才闪亮登场。从祭灶神开始，茶岗便张灯结彩，大人们喝酒划拳，小孩们穿新衣、放炮仗，一直乐和到正月十五还意犹未尽。

春联、年画那是要早早备好的，到了大年三十那天再不慌不忙地贴上。茶岗人贴春联是很讲究的，很少买印制的，一定要用那种带白头的红纸，自己或者请镇上的几个书法名角手写。印制的自然是千篇一律的印刷体，少了一分传统的味道，还说不准就和谁家的雷同了，那是要被街坊邻居们笑话的。

因此，每年腊月镇上的几个书法名角都要忙上一阵子。镇文化站也顺应茶岗人的喜好，趁着天气好，组织几个书法爱好者，当街写春联、送福字。除了门窗，粮仓也要贴上"五谷丰登""年年有余"等几个寓意吉祥的字。

看着那带白头的红纸对联，茶岗的老人们喜欢讲一段老掉牙的楹联故事。

话说清朝某年，老杨家娶媳妇，那时流行花轿迎亲，花轿上是要贴上对联的。茶岗方圆几十里的习俗是，花轿到了女方家，女方会在花轿上贴上上联，娶亲的男方要现场对出下联，才能抬轿走人。

杨家娶亲的花轿到了女方家，女方贴出的上联是"两个黄鹂"四个字，并在对联上别上了几根柳条，取意杜甫的诗句"两个黄鹂鸣翠柳"。这下杨家迎亲的一干人马傻眼了，特意请来的茶岗集上对对子第一高手杨老秀才也一时犯了难。抽了几袋烟捻断几根须后，老秀才大叫一声"有了"。

就用这带白头的红纸，写上"一对夫妻"四个字。平常用时都是白头朝上，杨老秀才特意将白头朝下，寓意"一对夫妻到白头"。

故事年年讲，用带白头的红纸写春联的习俗代代传。

今日茶岗，随着平时外出人员的增多，年味又增添了新的内容。大姑娘小伙子们便用足用好这难得的团聚时光，相亲、约会、订婚、举行婚礼。归乡的游子们更是趁着这份休闲，走亲访友、同学聚会，把整个年前年后闹得热气腾腾、喜气洋洋。

今年的年前年后，杨凡齐家尤其忙，要操办弟弟杨凡平的婚礼。谁让自己是老大呢，长兄为父。

本来是准备年前办弟弟的婚礼的，但夏小惠说年前豆腐坊里的事太多，就放到年后。

事实上豆腐坊里忙只是借口，夏小惠和先"走"了的吕先富是自由恋爱，感情笃厚，曾经在先富坟前说过，自己不会改嫁，要守一辈子。后来遇到杨凡平，她激动过，但很快又恢复了平静。直到婆婆说，"你还年轻，难得遇到杨凡平，条件不错人又好，不为自己，就是为了孩子也要考虑考虑"，关键是提到了孩子，夏小惠才改变了主意，那是与先富爱情的结晶，可不能让孩子缺了父爱、受了委屈。

于是退而求其次，守三年再改嫁。过了年，也就三年了。

婚期是杨凡平的大嫂委托媒人王咏梅商定的。本来媒人应该是王有根和王咏梅两人，一个代表男方，一个代表女方，但王有根到村任职三年期满，已经返回市里上班了。按计划，茶岗村

2018 年出列，本来等 10 月份由省组织对出列村的第三方评估完成后，王有根就可以回单位了，但为了顺利通过 11 月份国家扶贫办组织的抽检，所以又拖了一个多月才正式撤回单位。

听到王有根要回去的消息后，杨凡平特意让杨燕从市电商产业园赶回来一起为王队长饯行。王有根知道后坚决反对，说自己就是茶岗人，父母还在茶岗，亲戚朋友也大多在茶岗，自家人还送什么行，再说，虽然回单位了，但我们单位还负责联系茶岗村，我还会经常来村里的。

反对归反对，杨燕已经赶回茶岗了，自然是反对无效。最后折中，王有根提出一不到饭店，就在家里，二控制人数，就杨凡平自家几个人。

怎么办？这给杨凡平出了个难题，大嫂身体不好，自然不能来做这顿饭，自己和大哥只配打打下手，杨燕也掌不了勺，夏小惠倒是能烧几个菜。思来想去，他只好硬着头皮去请夏小惠帮忙。

没想到夏小惠一口应承下来，还说要办就到自己这边来办，况且这两年来自己和婆婆一直都想着要请王队长吃顿饭，表示一下心意，王队长就是不给机会。到夏小惠家去办，那是杨凡平求之不得的事。那时，杨凡平与夏小惠的事还没有摆上桌面，这样一闹腾岂不更好？

王有根来到夏小惠家的时候，看到的是夏小惠掌勺，杨凡平帮忙，夏大有和杨燕也跟着是忙前忙后，夏小惠的婆婆则带着孙子避在一边。

"杨凡平，你大哥大嫂没有过来?"

"他们说都过来就不像话了，都是我们杨家的人了，就由杨燕作代表了。"其实杨凡平知道，大哥大嫂不过来肯定是大嫂的主意，主要是怕来了后大家说话受拘束。

其时，在夏家姐弟的操持下，"夏家腐乳"的生产销售直线上升，风头盖过了"王家小酱"。这也难怪，腐乳号称"东方的奶酪"，既味道鲜美又营养丰富。酱则不同，尤其是在讲究养生、保健的今天，酱只能品尝品尝，是不宜也不愿多吃的。

席间，自然少不了讲到夏家创牌、杨燕创业的话题。听说夏家腐乳生意日渐红火，杨燕的电商公司步入了稳定成长的轨道，大家都很高兴。王有根举杯，提议为两位年轻人创业成功干杯。

"我哪里算得上是成功，最多是站稳了脚跟。"杨燕说。

"杨大小姐，你就不要谦虚了，你要都这样说，那我们跟在你后面混的，就没有办法说了。"见杨燕这般说，夏大有感觉到很不好意思。

"有位哲人说，成功不是与人相比，成功是做最好的自己。大有，你把腐乳做好了，把夏家的传统技艺发扬光大了，就是成功了。"王有根有意安慰夏大有，接着问杨燕："你公司当前发展中遇到的最大瓶颈是什么呢?"

"人才!"杨燕脱口而出，说明这是个时刻横在她面前的问题。

"可以到人才市场上去挑选呀。"王有根说。

"是的，现在公司的员工基本上都是从人才市场上挑选来的，但千军易得，一将难求。要想找到个有工作经验，又愿意专心在公司干的人很难。现在的年轻人，找工作首先要看工薪待遇，只要有条件好一些的机会，就跳槽走了。这也不难理解，大学毕业就面临着购房、结婚等一系列重大问题，家庭条件好一点的，家里还能帮衬一把，要是家庭条件差一点的，不补贴家里就不错了。"杨燕解释道。

"关键是要找到志同道合的人，打造创业团队的核心。"王有根说，"我倒有个人选可以推荐给你，不知道合适不合适，当然也不知道人家同意不同意。"

"王队长，你就别卖关子了，有话直说。"夏小惠看王有根欲言又止，接上说道。杨凡平猜到王有根要推荐的人是夏大有，只是觉得事先没有征求夏大有的意见，现在贸然当面提出来，要是不成今后就尴尬了。可能是王有根觉得即将离开茶岗，今天机会难得，以后想提这事恐怕就难了，况且这个建议也只有王有根提最合适，自己是不便提的。要是这样看，王有根做的还是对的。想到这，杨凡平觉得自己还是避一避的好，便端起水杯准备去厨房里添水。

"远在天边，近在眼前。"夏大有立即起身，要去给杨凡平续水，王有根朝站起身的夏大有看了看说道。

夏小惠看到杨燕正看着起身的夏大有，心想，这确实是个不错的主意，但作为姐姐，不知道夏大有的意见，自己是不好说什么的。夏大有已经从杨凡平手上夺下杯子，去给杨凡平续水，没有想到王有根会提出这样的建议，只好装作没有听见，只顾着出去倒水去了。

"你说夏大有，好呀，求之不得，他要愿意，就让他去做CEO。"杨燕自接触夏大有以来，对这个男生的印象还不错，尤其是交办给他的事，办得是有头有尾。可能与学的是理工专业有关，他确实是个可塑之才。

"夏大有，你听见了没有，杨老板想请你去做CEO，还不赶快谢谢杨大小姐。"王有根冲着门外喊。趁着出去倒水的时间，夏大有考虑了一下王有根的建议，决定只要杨燕同意，就去她那里干，说不定这就是缘分。

"接受挑战，大不了挑战失败，失败了再回来做我的腐乳。"当听到王队长喊自己时，夏大有已经倒好了水，边端着水杯往回走边说，"不过那个什么CEO就免了，我理解杨大小姐说的CEO是'随、依、讴'的意思，就是时时随着老板、跑跑腿、做个追随者，事事依着老板、办办事、做个执行者，处处讴歌老板、吹吹风、做个维护者。"

"还有这么戏说CEO的？不过这么解释也还真有点意思。"杨燕听了，心想这个理工男还挺幽默的。

"你看你看，也没有问问你姐姐什么意见，就答应了，关键的时候把姐姐也撇开了。"杨凡平微笑着看看夏小惠说道。

"我没有意见，人往高处走，矿建专业的工程师做腐乳确实屈才了，当初来的时候没有考虑那么多，现在觉得在我这里窝时间长了还真是个事。"夏小惠接道,"只是我这一摊子怎么办?"

"这事我只是建议,回来你们再斟酌。预祝夏杨两家合作愉快,我们共同干一杯。"王有根见好就收,赶紧转换话题,一语双关地说道。

事情就这样定了,夏大有真的就背起行囊去做"随依讴"了。王有根回到市里后,杨燕和夏大有还去市发改委拜访过,王有根也带着爱人田静一起去电商产业园看望过他们俩。

王有根人虽然离开了茶岗,但心里一直还念着茶岗,惦记着茶岗的人和事,毕竟自己是从茶岗镇走出来的,又在茶岗村待了三年多。为了让茶岗的干部群众尽快地了解、更好地理解乡村振兴战略的精髓,王有根出面请市委讲师团的专家,专程送理论到茶岗,解读习近平"三农"思想,详细介绍乡村振兴战略规划和打赢脱贫攻坚战的目标、内涵和路径。

2019年元旦来临之际,王有根又去市文广新局联系,通过争取"送戏下乡",请市京剧团给茶岗送去了一场迎新年京剧选段专场演出。这要是在前几年,没有几个人去看什么京剧演出的,经过夜校的熏陶,现在茶岗人的艺术欣赏水平也提高了。大家看了后,在朋友圈里纷纷点赞,有不少人还给曾经的王队长发来元旦快乐之类的祝福短信。王有根自然一一认真地回复。在回复杨凡平的短信时,王有根还特意选用了王观的一句词:"若到江南赶上春,千万和春住。"

腊八节前,听天气预报说有暴雪,王有根还专门打电话给杨凡平，提醒他防灾抗灾。虽然杨凡平早已经做足了准备，但这个电话让杨凡平倍感温暖。

吃一堑长一智。第一年被突如其来的旱灾弄了个措手不及后，杨凡平后悔不迭，想自己一个学农的出身，又在行业里混了这么久，怎么就大意了哩。不错，和县那边没有遇到过旱灾，纵然遇到大旱也有临江之利，不会成灾，但这也不能成为饶恕自己的理由。从那以后，杨凡平便把应对风险放在心头，自己遭遇挫折不可怕，但让乡亲们跟着受灾受损那责任就大了。

入冬的时候，杨凡平早已将蔬菜基地的过冬方案谋划好了，冻灾雪灾便是重要的防范内容。当听到预报有暴雪后，杨凡平即启动了防灾抗灾的预案，提前采收了一部分蔬菜，通过开挖防寒沟、悬挂反光膜、喷洒叶面肥等措施，做好保温、增温、补光、降湿等应对措施。对简易大棚还进行了适当加固，在温室大棚采取秸秆生物反应堆技术来增温御寒。考虑到大雪暴雪主要在下半夜，杨凡平准备了防寒衣物、取暖和照明设备等，专门约好几个身强体壮的劳动力，准备雪夜就住进大棚看护房里，雪下厚了便分头去巡查、扫雪，给大棚减重减压。

杨凡平知道，王队长一直挂念着自己，所以当婚期确定后，他就第一时间给王有根打电话报喜。听说杨凡平和夏小惠的婚期定在年初六，王有根十分高兴，心中的一块石头终于落了地。虽然杨凡平的婚变主观上不是自己的错，不能讲这事就因自己而起，但客观上杨凡平毕竟是自己请回来的，所以王有根心里一直有个疙瘩。

杨凡平与王有根的这个电话一打就是半个多小时，这在杨凡平是破天荒的事。过去高菲经常是一打电话就半个多小时，有时甚至一个多小时，杨凡平感到不可思议，哪有那么多的话讲呢？一大半是废话！为此两人还争执过。这次杨凡平给王有根打电话，就是感到有说不完的话，可能是王有根在村里时，两人很投缘，交往很融洽，现在一个多月不见，还真有点想念。杨凡平从婚期说起，说到本来想年前办的，小惠说要年后办，又说到了婚房的事，本来准备在镇上买套新房子，哥嫂不同意，说家里现成的房子，再说买新房装修也来不及，没想到不知不觉一叙就叙了半个多小时，最后是言犹未尽地挂了电话。

　　婚礼怎么个办法，则是杨凡齐和吕先业商定的。说是杨凡齐和吕先业商量，杨凡齐逮鱼抓虾是行家里手，办起这些事来那就只有打下手的分了。因此，婚礼怎么办，基本上都是吕先业拿的主意，再去征求杨凡平和夏小惠的意见。

　　当杨凡齐来找吕先业拿主意时，吕先业就欣然接受了。当然会欣然接受：于公，杨凡平是村里引来的人才，王队长回市里了，操办杨凡平和夏小惠的婚事，当仁不让就落到吕先业肩上；于私，夏小惠现在是吕家的人，更何况，妻子王咏梅还是媒人。

　　毕竟是再婚，杨凡平的意思是低调一点好，没有必要搞得那么复杂。

　　"凡平啦，我比你大几岁，这事你得听我的。"吕先业听了，立即批评杨凡平，"现在什么年代了，再婚有什么？你和夏小惠都是行得端坐得正的人，又不是什么婚内出轨小三插足，这是明媒正娶光明正大的事，光明正大的事就得光明正大地办，我觉得这事不但是你们俩的喜事，也是我们吕家和杨家的喜事，是全村的喜事。不讲大办，也要办得得体，既要对得起夏小惠，也要对得起你自己。"

吕先业讲得在理，杨凡平无话可说。

"我准备把王队长请回来当证婚人！"吕先业接着说道。

当听说要请自己回去给杨凡平和夏小惠当证婚人时，王有根想了想说："他们结婚，我肯定是要去的。但做证婚人，我的分量不够，证婚人得是个德高望重的人。这样吧，这证婚人我来考虑考虑请谁合适，回头我们再商量商量。"

放下电话，王有根就想开了。这请谁合适呢？镇党委高书记还是杨老书记？要不自己上？对了，请市农委蔬菜办的张主任，就他了！

张主任和杨凡平是校友，在杨凡平回乡创业后，张主任专门去调研过、工作上支持过，这在杨凡平那边没有问题。张主任为茶岗的脱贫攻坚，尤其是产业发展、结构调整，出过谋划过策、穿过针引过线，立下了汗马功劳，茶岗村茶岗镇上上下下都认识，不认识也听说过，这镇里村里没有问题。张主任是蔬菜办的一把手，而且还是市农委的领导班子成员。就不知道张主任可有空，那得赶紧提前讲，让张主任好安排。

拿定主意后，王有根就给吕先业打电话。吕先业自然没有意

227

见，请张主任去证婚，确实是个更好的人选。王有根本想着给张主任打个电话，但觉得这事还是当面去说更好，显得更正式些。

"我代表茶岗镇茶岗村和杨凡平，请张主任再到茶岗去一趟，为杨凡平和夏小惠证婚。"于是，王有根便赶到张主任的办公室，郑重其事地邀请。

"王有根，你就不要'三个代表'了，代表镇代表村还代表杨凡平，你不就是怕我匀不出时间去不了嘛。"张主任笑着说。

"老张啦，我知道你忙，这年前年后的就更忙了，所以我早早地来挂个号，让你好安排。这个杨凡平的事，我也跟你说过，这回你一定要克服困难，一定要百忙之中抽出时间去，到时候我把车开到你家楼下去接你。"

"这个喜酒，我喝定了，不讲你我的关系，就是杨凡平我们也是校友，再讲了，我也好长时间没有去茶岗了，林木春又打过几次电话邀请，正好我也想去他那里看看，毕竟他去茶岗是我出的馊主意。但这证婚我行吗？"林木春到了茶岗后，想见自己的贵人张主任就不太方便了，隔段时间见不着张主任还真的想见见面说说话，于是几次三番地打电话说，张主任我想你了，你不来我工作学习没方向，有空我派车去接你，下过班来也行，晚上住下来，好好地指导指导！

"怎么说是你出的馊主意？林老板的项目搞得很好呀。这个证婚，就非你莫属了，你是不二人选，也是大家的一致意见。"

这个年下，茶岗镇更是热闹非凡。回乡的人们，看着家乡的变化，心里无比高兴。有几个近几年没有回来的乡亲，回到茶岗已经不认识回家的路了，怀疑是走错了地方。

没有想到两三年不见，茶岗古镇，一改往日的脏乱差，变得这么净、这么美，街道也宽了，镇区也大了，还建成了公园，老电影院也旧貌换新颜了。这街上的人也多起来了，人气更旺了。

趁着年前回小王庄看望父母的机会，王有根又去了趟村里。分别后一两个月不见还真有点想念大伙，正好再去了解一下杨凡平和夏小惠的婚礼筹办情况。在家同父母吃过午饭他便联系吕先业，说要去村里坐坐。

"王队长，回来也没有提前给我们打个电话，来我家里坐坐，村里中午也没有人。"吕先业邀请道。

"这不给你打电话了嘛。还是去村里吧，待会儿同大家都能见个面，打个招呼。"王有根说。

见面后，吕先业告诉王有根，高书记听说杨凡平的事主动提出要参加婚礼，听说张主任要来做证婚人，书记更高兴了，还要求我们把这个婚礼当作村里的一件大事来办。两人叙了一会儿，杨凡友等人陆续来上班了。王有根和村里的同志们打过招呼，就想着回市里。吕先业拉住不放，一定要王有根留下来，晚上好好叙叙。王有根本不想去打扰镇里的，现在只好说还要去镇里坐坐，同老朋友们打个招呼，想就此脱身。

听王有根这样说，吕先业只好放手，便掏出手机要给高书记打电话。王有根制止了，说，书记镇长在，就去看看，不在，就去其他同志那里坐坐，不要打扰他们，尤其是书记，本来就很忙，年前肯定更忙。

"那这样，我来给杨凡平打个电话，你来了不去看看杨凡平？"吕先业只好改为给杨凡平打电话。

看来，今天是走不掉了，既来之，则安之。王有根出了村部，就给单位打了个电话，再请半天假，接着又给妻子打电话说今晚回不去了。

"这还用打电话吗？我就知道你今天回不来的。"田静很平静地说。

进了镇政府大院，正好遇见下楼上洗手间的高书记。镇办公楼建得早，建楼的那会没有自来水、没有下水道，厕所还都是旱厕，办公楼里面是没有办法建厕所的。镇里就在大院的西南角建了个公厕。后来镇里建了自来水厂后，旱厕也改造成水冲式的了。

"王队长稀客稀客。"书记远远地打招呼，"走走走，到办公室去坐。"

"不稀客不稀客，我家就在茶岗，稀什么客！"王有根跟着书记来到办公室。

两人客套了一会，自然就聊到了杨凡平婚礼的事。

"王队长把茶岗建得这么漂亮，把老街整治好了，把罗家班又捣鼓起来了，把传统找回来了，又引进人才、引进项目，正好这婚期在正月初几，赶上的是传统佳节，趁着外出务工的人都回来了，我想应该按照传统模式来办这个婚礼，让大家都热闹热闹、沾沾喜气。"

"那更好呀!"

"我在县城里就看到过有抬花轿迎亲的,我来联系联系,看可不可以请过来。"

"杨凡平和他哥一样,是个实在人,平时就低调,就怕他不同意这样张扬。"

"杨凡平已经同意了,本来是准备租婚车的,但就几步路,不租车吧也不行,难道让新娘走过去?再说,这再婚是不穿白色婚纱的,要穿红色礼服,这样用花轿就更合适了,回避了这个问题。"

"还是书记考虑得细,用花轿迎亲确实是个绝妙的主意。"王有根佩服书记这个主意出得好、出得妙。

知道书记忙,王有根坐了会就起身要告辞,说去同杨凡平打个招呼,然后再去林木春那里看看。

"那行,今天一定要留下来,晚上我来约几个人,明天早晨再回去。"说完,高书记就拿起手机打起了电话。

此时的杨凡平正伏在桌子上写着画着,既然按传统模式办,有了花轿自然少不了要写一副轿联。杨凡平决意发挥填词作赋的特长,撰写一副贴切的轿联,让小惠高兴高兴。本来杨家提出的婚期是腊月初八,夏小惠则是把婚期由年前调到了年后,想到这里杨凡平便有了灵感,于是应景而作,一挥而就。

就在杨凡平一挥而就的时候,王有根来到了杨家,那就请王

队长给参谋参谋。联曰:

　　喜期约年前腊日，邀惠妹且随腊去，赏腊梅，敲腊鼓，扫除几多腊气，结成腊底凤鸾娇;
　　佳人定节后春时，劝平哥要等春来，假春讯，寄春闺，惹动一点春心，借得春光红紫茂。

不仅贴切而且是情真意切，王有根看了后由衷地感叹写得好。

当王有根起身告辞，准备再去林木春那里坐坐的时候，杨凡齐夫妇也跟着出来送别，一直送出院门。在走过杨家院门的刹那，一阵微风拂过，飘来一股沁人心脾的暗香。不用说，是杨家院外墙根的那几株梅花开了。

侧目过去，院墙上那条"不忘初心、牢记使命，志存高远、脚踏实地"的标语洁净如新，白墙红字下面便是静悄悄开放的梅花。一架从省城机场起飞的客机，轰鸣着从杨家屋顶、从茶岗上空掠过，在湛蓝的天空划出一道白线，越飞越高，越飞越远。

2018 年 9 月初稿

2019 年 5 月二稿

后　记

　　2010 年,因工作需要,我带领几位八〇后到瓦埠湖东岸,对淮河流域的一个行政村,开展为期半年的驻村调研,从经济、文化、社会等角度进行全方位透视。这是我因外出上学、工作离开农村近二十年后重回农村,在那里我结识了一批乡村朋友,听到了很多故事。2016 年年初,我作为安徽省第六批选派干部,进驻瓦埠湖西岸的重点贫困村茶庵村任第一书记和驻村扶贫工作队队长。茶庵村位于江淮分水岭地区,是寿县茶庵镇政府驻地村,也是茶庵集所在地。驻村三年,我再次结识一批乡村朋友,再度听到许多似曾相识的故事。

　　当年驻村调研结束之后,我就萌发了将那些没有写到调研报告中的故事通过某种方式记录下来的念头,但一直没有想好想透,也就放了下来。驻村扶贫时,利用空闲的夜晚,我写了几篇反映乡村生活的散文,后来又尝试着写了篇短篇小说,发表在《安徽日报》及《淮南日报》《淮南文艺》等媒体上,很多读者尤其是一些未曾谋面的选派干部,纷纷通过微信群或者是电话给我以点赞、鼓励。

2018年6月,当我将小说处女作呈送给淮南市作协主席金妤女士后不久,她便约谈了我这个文学新兵。金主席从培养新人的角度,对我的小作溢美有加,又鼓励我再接再厉,在成文的短篇小说基础上,以驻村扶贫为主线创作一部中篇或者是长篇小说。金主席的亲和力、感染力让我心潮澎湃,我不假思索地接受了挑战一次自我的任务。

事非经过不知难。写小说我还没有入门,几次遇到困难我都想放弃,但觉得既然接受了挑战,就是挑战失败也不能中途退出。于是我尝试着虚构了茶岗这样一个因水运而兴、没落在"铁公机"时代的小集镇,从王有根驻村扶贫讲起,穿插了杨凡平回乡创业、夏小惠开豆腐坊、林木春三次转型、"金凤凰"放弃读博回乡创业等一串故事,演绎了茶岗杨王吕罗四大家族间的情与爱、冷与暖,在展现瓦埠湖流域风土人情的同时,描绘了江淮分水岭地区人民借精准扶贫的东风,撸起袖子加油干,一手抓脱贫一手抓开发的过程。我将驻村工作和青少年时期的农村生活经历嵌入情节中,讲述了茶岗人在脱贫攻坚中着眼精准帮扶,在经济开发上着力调整结构,一点一滴改善交通、改造环境、改变思想,千方百计引进项目、引入人才、引来企业,将因交通不便而留下的绿水青山变成金山银山,记录了驻村工作队引导绝大多数贫困户通过务工就业、干事创业实现了脱贫致富,领导茶岗村甩掉了重点贫困村、软弱涣散村的帽子,帮助茶岗镇通过整老街开市场、建游园办夜校,由骑路集脱胎换骨成一个美丽小镇。

看着几经修改仍不满意的初稿,自知这次挑战只能算是坚持着跑到了终点而已。当我斗胆将书稿交到安徽人民出版社时,或许编辑老师觉得还有些看头,便在一次文艺界庆祝中华人民共和国成立七十周年的活动中,向当代文学皖军旗手季宇先生介绍了我并推荐了我的小说。或许是好奇的缘故,季先生便翻看了一下书稿。没想到翻看之后,他欣然决定为我这个无名之辈的无名之作题写序言。季宇老师此举是鼓励新人,是现代版的千金买骨。有这样的师者,实乃文学皖军之幸。有这样的前辈,文学皖军一定会走向高峰。

当前,全国有数百万选派帮扶干部奉献在扶贫工作一线,尤其是 2015 年以来已经有两百多名党员干部牺牲在脱贫攻坚的道路上。我作为选派干部的一员,有责任为这个群体写篇工作日记。这次我用近一年的时间、十余万字的篇幅,记录了在村工作的所见所闻所感,希望可以为那些矢志做一个懂农业、爱农村、爱农民的"三农"工作干部们作些参考。

书到用时方恨少。从经济研究工作转到小说创作,我深知我的学习我的积累远远不够。今后有机会我将不服输不言败,力争写出更好的"工作日记"来,向曾经和正奋战在精准扶贫一线的广大选派干部们致敬,向关注关心关爱"三农"工作和选派干部的社会各界致谢!

储兆庆

2019 年 12 月